万[illegible]譲詩集

Maricoji Joe

新・日本現代詩文庫

142

土曜美術社出版販売

新・日本現代詩文庫 142 万里小路譲詩集 目次

詩篇

詩集『Multiverse』（二〇〇九年）抄

詩集『詩神たちへの恋文』（二〇一七年）抄

未刊詩篇

エッセイ

解説

詩篇

詩集『海は埋もれた涙のまつり』

（一九八三年）抄

海は埋もれた涙のまつり（抄）

なぜ　海を　夢見ながら　なぜ　小説をと　キャ
ンバスの上　色彩のなかを　跳躍するだろう　ダ
イヴィングしては消えていく　夢想の数々が　己
が思いの淵に沈み　這いあがり　通りぬけ　ノー
トに書き写すよりすばやく　消滅する　あなたの
アトリエへ踏みこんでくるもの　空気より透明
な　思想をもたぬ　キャンバスへ　きょうも同じ
絵筆をとりあげ　きのうはどこまで描いたかを点
検し　動脈を走り　静脈を帰る　血で満たされる
心臓の思想から　夢見られた世界　18歳のうるむ
目で　見つめられた　風景さえ　未来へ切り拓か
れた世界　あらかじめ体内で計られた　点　それ
が数を増し　ありえない無数の線をかたどる　浮
遊しているもの　頭のなかで　言葉へと抽出され
るわずかな思い　ほんとうは言葉にならぬ夥しい
思いが　過ぎゆく風景と時間のあとで　めぐるも
のひとつずつ　キャンバスへと塗り続け　色彩を
こめて　せめて夕暮れを　ひとつの色から　部分
から全体へ　十二色まで　あるいはそれ以外　小
さな唇から舌をだし　見つめた空間　もはやゆき
だした時間のなかで　見つめるだろう　色彩を
真昼日のなかで　輝いている表面　そして　翳り
へと眼をやりながら　あなたの頭のなかで　映写
機が回転する　またもや　白紙がそこにある　ば
たつかせるだけの　20センチの両足が　やがて
大地　あるいは畳の上をとらえる　それでも　断
言しない　あるいはしえない　言葉　あるいは文
が　続くだろう　うなずきのあと　あるいは拒絶

の素振りのあとで　叫び声から始まったあなたの声が　言葉を発するようになる　夕虹　夕映え　夕凪　ブラウスの胸に受けとめながら　ふくらむ　海の記憶　潮の香り　あなたの遠い源泉　憧憬という　もうひとつの夢想のなかで　とはいえ　はじめて見開いた目もとから　何が見えていたのか　こわばり　震え　泣いた　そのあとであるいはまだ見えてないのか　まばたきしないひとつの凝視の姿勢で見据えた　あなたの18歳を　キャンバス回収の日　思いの決着　あるいは　人生の決済の日まで　生起し　消滅する　思いの数々が　あなたの初恋　その思いにしがみつきながら　描こうとした　一点もおろそかにしないでと　なかばよろめいて　託された絵筆　アトリエへあなたは足を踏み入れる　だがじつは　ペン　消しゴム　ハサミ　アドレス帳　鉛筆　封筒　シャープペンシル　グラス　ルーズリーフ

ノートブック　水差し　日記帳　それらを載せているテーブルのある部屋　それがアトリエだ　ひとつの質量が部分集合となるまで　あなたは考えたわけではなかった　底辺の位置　高さの記憶　奥行のずれ　それらが描かれてはいなかった　世界へと舞いこむ　転がりながら　何を思ったのでもない　不定の思いをこめながら　駆け出そうとした　どこへ　どこへでも　人生が始まっていた　そんなことに気づくのは　もっとあとだ　巡る時間　キャンバスのまわりを　目には見えない時が　きのうの夕暮れから　きょうの夕暮れまで　いつか完成する　あるいは　いつ完成するかわからない　絵に向けて　あなたは歌う　囁きに似た声音から　スインフォニーまで　夢見られた　音楽　見開いた視線　海へ　寄せられた　色彩　だが　海より青い色　とはいえ　キャンバスの裏を　あなたは忘れてしまったわけではなかった

画筆がペンにとってかわり　色彩が言葉にとってかわる　きのう描いた余情の上を　きのうの色彩と混ざりあう現在の思いが　揺らいで　けっして定着するにはいたらない

ひとつの眠りからどうやって目覚めたのか　指が虚空を泳いで　あなたは目を閉じ　叫んだ　あるいは　もうひとつのありえない点との距離　策略にのった　昼の長さに関係ない　線がもうひとつの線　そして　もうひとつで囲まれる平面　だが　質量をもつにはいたらない　まだ二次元でひとつの点が流れこみジャンプする　そのときドラマが幕をあけ　止むことない　時間へと舞いこんだ　あなたは書く　とはいえ　現在へと収束する　過去の言葉が　入り乱れて　今を喚起する思いと同じ　質量をもたぬ　言葉が　意味を喚起する　夕時雨　一度見られた風景が再度見られる一瞬の時の移りに従いながら　流れていく　ひとコマが　あなたの脳裡に夢見られた映像　それと違う　現の映像の対立が　二重印象となって　もう一度　あなたの脳裡をおおいかえす　そのイメージの総体に人間がいない　そうあなたは気づく　そう企んだのだから　だがやがて　人間が跳ねることになるだろう　あなたの思春期まで　ほんとうの春を想う　あなたの人生の始まり　時間の果てへと思いを馳せた　もうひとつの血で満たされるだろう　キャンバスへ向い　開かれ　確かめられ　繰り返される　鼓動が　フォービートのように　夕暮れを打つ　あなたの時を　いつか果てる時へと流しこんだ　呪術のドラミング　夜までも　とはいえ　血で染められるキャンバス　それ以外　あなたの声帯から　初めて空中へと振動させた　たぶん間投詞が最初　それから名詞が続く　無数の言葉をきかされてきたそのあとで　他

人の言葉を真似る　それしかない　そんな言葉をひと通り覚えるだろう　揺れる木々　あなたの目にはいる　もうひとつの風景から　注がれる空気ふいに　それをもキャンバスに描きこもうと考え　揺れる草花　その連続するショットの一枚一枚を書きだそうとも考え　タバコの煙がラインを描いて　窓から出ていく　画筆がキャンバスをなぞるように　じつは色彩のない黒い文字が　間断なく　行を埋めながら　縦につらなっていく　あるいは逆行する　いつか恋した　またいつか恋するだろう　一度の別れが何度もやってくる　またいつか　それが最後になるのだが　自分と別れる日　恋したのかもわからないのだが　それをその日まで描こうと　たったひとつのキャンバスにあなたの人生を　その総体まで　描きだそうと文字がそこにある　ばらまかれた状態で　投げだされている　文字がここにある　ふいに泣いてしまった　世界に　不安を覚えたから　あなたの脳裡に巡りくるもの　夕紅　波のリターン　涙の寄せかえし　夏の終わり　あの人との最後の口づけ　そよぐ風　素肌に突き刺さった　あの気流夕凪　透明な　微粒子　押し寄せて　あなたの身に舞い　襲った　思い　なぜ　あのうなだれを扫し殺し　押しきれず　うずくまったのか　思い返す　かえす手で　同じ海　同じ世界　同じ自分の　変わらない世界　あなたは物語る　与えられる文字の組み合わせ　夕凪の世界　文字の記憶あるいはイメージの組み合わせと言い換えてもよい　描き終わる日まで　一枚の絵を　海に　空に　酔いしれると思った　色彩に埋もれる　切り拓かれる視界　あなたの瞳が回転する　レンズは見えるものをとらえる　だがあなたの瞳は見えないものをとらえるかもしれない　乳首の先から臨んでいた　もうひとつの世界へ　慄き　憧れ

小走りに駆けた　そのあとで　愚痴であふれてしまった　日記帳　透きとおったソプラノで　詠う18歳　うろだるえかり振らか歳81をれそ

ひとつの叫びを繰り返し　紅潮した顔で　おびえたからなのか　白衣とタオルケットにくるまりどの空間を眺めやったのか　ひそかにあけられる目　たぶん　あなたの人生を見据えながら　予感した　旅立つために　震えながら始まった　ひとつの始まり　それが幕をあけ　あなたは生まれた　だから　せめて　余韻を　あなたは絵筆に託し　キャンバスの上を浮遊する空気を払いのける　手が動く　物思いで彩られた　出会い　あの人との　あの無名の異性という　初めての洗礼に見舞われた　恋で　眠れぬ夜　窓をあけ　闇を吸い込み　昼へ　好きです　それを繰り返し　印象　振りかえられる　ジャズでいう　アドリブという　夢で　夢見られたもの　それ以外　コスモス　言葉だけの　夜と昼を駆けめぐる　血流が染みわたった　そうして　あなたは生まれた

混ざりあう色と色で織りなす　ファンタスィーどんな意味が　どんな思いで　どんな夕暮れがキャンバスに　あなたの指が動く　ひとコマが浮かび　消し去られ　ともかく　描いてみなくてはわからない　何かが描出する　詠う　歌ってしまう自ら書いたフレーズ　思いの結着を　だがなぜ　その問いを繰り返し　眠れぬ夜があるだろう　何が描出するのか　どんな夕暮れが　いつのことだったか　あるいは　いつか見る映像のために　描いてみる　醒めない夢を繰り返し　それが性欲と気づくのは　もっとあとだろう　未来をも　ふいにキャンバスの上で　歌いだそうとして失敗する　なぜならじつは　言葉さえない　音なんかどこにも　だが描くしかないキャンバス　そ

の表面　あるいはそれ自体を　空白がなくなるまで　ひとつひとつの言葉を寄せ集めながら　書くだろう　暁を　縦18センチ横26センチの紙に何枚か　きょう　どの色から塗り始めようかと　色彩の記憶でひしめいているキャンバスを　あなたは見つめる　一人歩く　夕景の記憶のなかで　彷徨を　目にはいる　風景　いつもと変わらない　部屋の窓から　おそらく何年も　とはいえ　太陽へ向う　あなたの情熱　それ以外　忘れられた語句が　またしても　言葉のカードがきられ　ならべられる　とはいえ　転倒している言葉の群　描きはしなかった軌跡を描くために　送りこまれたこの空間　その座標にしがみつきながら　放物線に関係なく　描くつもりのなかった　任意の飛翔を描く　その道筋があなたのものだ　描くのは　だから　風景ではない　晴れた春の田園　そこからほど遠い密室のなかで　己が人生を描く　暁を空想しながら　太陽のもとへ踊りでる　あなたの両腕が空へと向う　足が大地を蹴る　それを夢想するまでもなく　あなたは生まれた　そして　夕暮れを　どう描こうかと　それがどんな夕暮れなのかもわからずに　筆を動かす　あなたを愛しているとは言えず　それ以外　あなたは描く　とはいえ　予告なしに始められ　選択される色彩の織りなす　小宇宙　あなたは目をやる　家並のむこうの青空　その下で　この今にも　殺人が行われ凌辱されている人々のことを　思いかえす　あなたの頭のなかで　もう一度浸食される　色彩の記憶　閉じられたまま　しかも　揺らぐ思いが　空気より透明な　思考をもたぬ　キャンバスの上で　夕暮れる　あなたが最初見つめた世界で　それよりはやく　あなたが生まれ落ちたときに身に包まれた思い　言葉じゃなく　言葉にあらわせない　そんな思い　見たかもしれない　すでに　街

のなかへと入りこんだあなたの体が　ビデオテープで見るように　雑踏へ組みこまれる　あなたは歩く　小鳥の鳴き声　それをもキャンバスへ定着させようとし　アトリエへこもる　あなたの存在から　その世界へ　より外へ

祈り（抄）

夕暮れ　凪　皆無　海鳥　飛翔　ページ　空白世界　透明　夏　なぜ　ドラマ　遠景　生きる夜と　昼　瞼　封印　瞑想　両手　あわせ　潮の　香り　凪　世界　鎮む　夕暮れ　夢想　回路　情景　脈動　走る　ペン　呪文　日々　理由　なく　巡る　血液　深化　情念　鎮止　浴びる　文字　記憶　風想　入念　寄せる　波　存在　ひとつ　眠る　砂浜　風景　経過　瞼　封印　沈む　過去　粒子　飛散　巡る　砂　夕陽映え　色彩　深下　動脈　走る　夏　空白　現象　過去　夢想　透明　砂浜　沈む　観念　鎮む　呪文　理由　なく　存在　ひとつ　寄せる波　海鳥　飛翔　眠る　体　情念　安眠　日々経過　浴びる　太陽　潮の　香り　色彩　深化文字　夕暮れ　動脈　回路　入念　呼吸　現象粒子　飛散　風　皆無　雲　深下　静脈　鎮止風景　安眠　夕陽　映え　凪　砂　血液　脈動呼吸　雲　記憶　夕暮れ　風想　ペン　観念　ページ　太陽　体　瞑想　両手　あわせ　なぜ　ドラマ　遠景　生きる　夜と　昼

鼓動　続く　軌跡　風景　風化　音　飛散　網膜　祈念　汎想　波動　深呼吸　瞼　閉じ　夕凪　脈列　鎮む　祈り　理由　なく　ある　世界　存在　ノート　ページ　物語　涙　飲む

凪　透明　なぜ　夕陽　暮れ　沈む　映像　回
帰　日々　更新　情念　過ぎた　夏　合掌　水平
線　追想　連続　波　連動　浴びる　色彩　空
崩壊　心象　回転　夢　飛散　文字　飛散　また
も　脳波　始動　沈む　浜　ペン　ひとつ　祈り
過ぎた　思念　海へ　暮れ　鎮む　静脈　回帰
汗の　記憶　夢幻　灼熱　未来　空白　情念　鎮
止　凪　風化　波風　風騒　祈り　日々　合体
句　転化　単語　続く　時間　音　皆無　太陽
埋没　呪文　夕暮れ　想念　理由　なく　ある
世界　囁く　体　落日　鎮止　印象　続く　吐
息　存在　両手　あわせ　波風　透明　汗　鎮
み　雲　経過　白紙　意味　なく　浴びる　息
走る　脳波　記憶　経過　世界　祈る　凪　浴び
る　呪文　血　ひとつ　心臓　鼓動　いつの　世
界　なぜ　言葉　存在　続く　吐息　続く

祈り　ある　日々　飲む　汗の　瞑想　風景　続
く　時間　ページ　空白　観念　深下　風　皆
無　海鳥　飛翔　寄せる　夢　潮の　香り　血
液　始動　瞼　封印　存在　続く　浜　両手　あ
わせ　巡る　思念　理由　なく　過ぎた　日々
記憶　飛散　波　飛散　音　皆無　沈む　粒子
沈む　過去　夢幻　空白　情念　鎮止　深呼吸
鎮む　夕暮れ　世界　経過　涙　暮れ　白紙　ひ
とつ　脳波　波動　夕凪　連動　雲　経過　走
る　ペン　意味　飛散　夏　回帰　言葉　透明
世界　祈り　想念　崩壊　なぜ　汗　風想　ペ
ン　空　太陽　呪文　理由　なく　色彩　経過
脳波　脈動　句　入念　凪　透明　呼吸　深化
存在　更新　鎮む　静脈　浴びる　太陽　文字
埋没　脈列　鼓動　夕陽　映え　鎮む　汎想　眠
る　体　祈り　合体　またも　落日　なぜ　ドラ
マ　遠景　生きる　夜と　昼　夢想　鎮み　浴び

る　記憶　単語　雲　波　砂浜　夕暮れ　安眠
文字　動脈　回路　静脈　軌跡　凪　合掌　灼
熱　なく　走る　海へ　なぜ

浴びる　文字　黙想　空間　想念　続く　海　浄
念　揺籃　無想　日々　鳴動　句想　風化　過ぎ
た　物語　浴びる　息　透明　ノート　白い　現
在　瞑想　時間　過ぎ　記憶へ　暮れ　沈む　時
皆無　風化　体　折れ　沈む　海　心象　いつの
記憶　風景　経過　季節　過ぎた　世界　追想
無想　透明　鎮む　系列　呪文　情念　文字　飛
散　祈る　体　叫び　なく　海　暮色　沈む　世
界　想念　以前　白い　現在　憶念　揺籃　過ぎ
た　夢　鎮む　時　暮色　空間　いつの　涙　残
象　移る　時　心臓　鼓動　黙想　続く　風脈
物語　鳴動　記憶　暮れ　時　飛散　浴びる　想
念　過ぎた　祈り　言葉　以前　考える　飛散
憶想　祈求　句想　系列　心象　瞑想　叫び　な
く　季節　過ぎ　沈む　存在　浴びる　浄念　祈
求　背景　海　風景　経過　ノート　折れ　憶念
追想　移る　想念　心臓　鼓動　夢　時間　憶想
存在　呪文　情念　考える　飛散　息　言葉　涙
風脈　残像　記憶へ　日々　祈る　祈り

日々　——ビル・エヴァンスに

迸り切りこまれる時間　拡げられる和音　駆けぬ
ける系列　この企て　音の舞い　鍵盤を打ちすえ
る存在ひとつ　祈りの姿勢で繰り出され　うち震
える日のために　発酵を待つ　今にひしめいてい
るもの　日々更新するエネルギー　鍵盤の上に巻
きあがる　響きであり思念であるもの　音列　未
来　予測なく　両腕を想い出が通りぬけ　よりよ

い夢で夢見られた夢　満たさねばならぬもの　生き続けるだろう　あなたの感性が　涙の重さ　というより涙の熱さまで生きた記憶　どんな音がどんな連続で　夜に　またも夜　吐きだされる想念のうちに　繰り返し繰り返さねばならぬもの　これらの日々　揺らぎゆく感性が未来へ　未踏の空間を拓く　心臓から送りだされる血液が支える小宇宙　瞑想　予測なく　風のように　あなたの母の母の母　その母の母の母より　生きついできた血液が巡る　巡る思いのこの瞬間が時の重みにひしめく現在　叫びなく　またしても音　鍵盤の上に巻きあがる　印象であり昂揚であるもの　朝から夜　夜から朝へ　うち震える音　駆けぬける光　この企て　音の舞い　明日を模索する　挑戦ひとつ　迸り切りこまれる空間　黙想に似た　風に似た　心念ひとつ　瞬間に到達するこの現在を旅立ち　巡り巡る思念のあとに　なおも夢の痕跡

きのうと同じ場所　同じ空間　展開されるフレーズを旅立ち　確認され　通告され　またもはじかれる音　思念が塗りかえられる日々に　舞いであり　幻であり　時がつくりゆくこの今の　よどみない感性界を巡る　駆けぬける夢　はじかれる現在　想念　音の軌跡が時を彩る　綴れ織り　綴り織れ　開かれた世界　祈りの姿勢で確かめられ　はりつめた現在　躍動を推し進める　音であり夢であるもの　音の記憶が生きぬく時間　燃焼し消滅する想念　存在ひとつ　瞬間ひとつ　体系のなかに　群　音でそれ以外　語られるもの何ひとつ

夜がひろがる　夜へ　鼓動が繰りだす　駆けぬける記憶　整えていくよりは　拡散していく　この一瞬に佇まい　夜を模索する　思考というよりは沈黙に似た祈り　夢見たものが夢としてある　祈りの姿勢で確かめられ　またしても音　吐きださ

れる想念のうちに　駆けぬける風　旅人が送りだされる旅　空白の時間　空白の空間を　人生と言っていい　ひとつの構図が切り取られていく　日々　瞑想　予測なく　人は死ぬ　どんな音がどんな連続で　黙想に似た　風に似た　心念ひとつ涙が増幅される　架空の空間　架空の時間　人生が夢と化す　王国に住まう　舞いであり　幻であり　うち震える感性と言っていい　ひとつの存在が存在それ自身を生きる　よりよい祈りで祈られた祈り　朝から夜　夜から朝へ　迸り切りこまれる時間　かつてあった過去　取り返せぬ時間　取り返せぬ想いのあとで　駆けぬける夢　はじかれる現在　展開されるフレーズを旅立ち　記憶に回帰し　うち震える感性のために　発酵を待つ　存在ひとつ　明日を模索する　挑戦ひとつ　迸り切りこまれる世界　揺らぎゆく感性が未来へ　拡げられる和音　鼓動が時を刻み　鼓動が鼓動を呼んでいる　この企て　音の舞い　満たさねばならぬもの　瞬間に到達するこの現在を旅立ち　巡り巡る思念のあとに　なおも夢の痕跡　音の記憶が生きぬく時間　鍵盤の上に巻きあがる　響きであり思念であるもの　繰りだされ　拡げられ　今にひしめいているもの　日々更新するエネルギー　未踏の空間を拓く　夢の選択に似た鍵盤の跳躍が日々生きる思念の選択になる　駆けぬける系列体系のなかに　群　押し鎮まるもの　過去をなぞることない　今を生きる音の舞いが　風のように　あなたの母の母の母　その母の母の母より生きついできた血流が巡る　巡る思いのこの瞬間が　時の重みにひしめく現在　確認され　通告され　またしてもはじかれる音

旅人が送りだされる旅　音列　未来　予測なく両腕を想い出が通りぬけ　よりよい夢で夢見られ

た夢　夜に　またも夜　かつてあった過去　叫びなく　音の軌跡が時を彩る　想念　繰り返し繰り返さねばならぬもの　これらの日々　迸り切りこまれる空間　鍵盤を打ちすえる存在ひとつ　はりつめた現在　うち震える音　駆けぬける光　この企て　音の舞い　開かれた世界　鼓動が繰りだす　時がつくりゆくこの今の　よどみない感性界を巡る　思念が塗りかえられる日々に　心臓から送りだされる血液が支える小宇宙　生き続けるだろう　あなたの感性が　涙の重さ　というより涙の熱さまで生きた記憶　鍵盤の上に巻きあがる印象であり昂揚であるもの　祈りの姿勢で繰りだされ　うち震える日のために　発酵を待つ　綴れ織り　綴れ織れ　躍動を推し進める　音であり夢であるもの　きのうと同じ場所　同じ空間　燃焼し消滅する想念　存在ひとつ　瞬間ひとつ　音でそれ以外　語られるもの何ひとつ　涙が増幅される　架空の時間　架空の空間　人生が夢と化す王国に住まう　うち震える感性と言っていい　ひとつの存在が存在それ自身を生きる　よりよい祈りで祈られた祈り　駆けぬける記憶　取り返せぬ時間　取り返せぬ想いのあとで　夢の選択に似た鍵盤の跳躍が　日々生きる思念の選択になる　人は死ぬ　駆けぬける風　迸り切りこまれる世界　鼓動が時を刻み　鼓動が鼓動を呼んでいる　過去をなぞることない　今を生きる音の舞いが　繰りだされ　拡げられ　夜がひろがる　夜へ　押し鎮まるもの　整えていくよりは　拡散していく　この一瞬に佇まい　夜を模索する　思考というよりは沈黙に似た祈り　夢見られたものが夢としてある　記憶に回帰し　うち震える感性のために　発酵を待つ　存在ひとつ　空白の時間　空白の空間を　人生と言っていい　ひとつの構図が切り取られていく　日々

詩集『夢と眠りと空の青さに』（一九九四年）抄

夕暮れ　1

ずっとずっと遠い日　幼稚園の
丸テーブルを囲んで　何の時間だったか
隣りの子のスカートの裾を切ってみた
手渡された鋏が切れるのかと　そう思って

花吹雪　夢見る日々　星々までも
陽にあふれていた　スケッチブック
頭が触れあう近さで　縁側に寝そべって
何の遊びをしてたのだろう

あした引っ越しだから　それじゃね
それを言いに　どこの学校に行くの
それを言いに　行ったのに

またあした　それが言えず夕暮れた
あの日　もう　遠いところへ行くから
またいつかね　そう呟いたあとで

夕暮れ　2

池の隅をタモで掬うと　躍りでた銀色の小鮒
透けるような海老　ときには鯰も
脛にへばりついた蛭　それに気づかずに
日が暮れるまで　風のなかにいた

兜虫を捕らえに　朝靄の草叢を越え
木を揺すり　枝葉に木材を投げつけた
夜　角に糸をつけ　ぐるぐる廻すと

蚊帳のなかを飛んだ　夏の命
ああ　春を剝ぎ取るように　育んできた
未解決の存在理由《レーゾンデートル》　悲しいことだ
私はここにいる　こんな状態で

夢を追い　夏を亡くした
磔にせねばならなかったのは
おまえだったかもしれないのに

想秋記　1

死に場所をもとめていたのだろう　赤とんぼ
蜘蛛の巣にからまり　尾を半分なくしている
寝る前いつものように殺虫剤を部屋に撒いたら
もういない　蚊にさえ　恋い焦がれ

……海が嫌いというあなたを
……砂浜に置いてみたかった
言葉を綴る　何を書いたかではなく
なぜ書かねばならなかったか

封筒を鋏で切り　便箋を取りだすと
床に落ちるものがある　……記憶
押し花の花粉が降って　いつの秋だったか

いつの夕暮れだったか　あの思い　あの日々を
抽斗からたぐり寄せ　あの日　受け取った便り
もういちど開いたら　同じように畳に舞い落ちた

夏の日

火薬の匂いがする　そういえば音が――
窓から顔をだすと　たちこめる煙　飛び散る光
木片にくっつけた蠟燭が地面にひとつ
それに　子どもがふたり

兄なのだろうか火花が鎮まると燃え殻を受け取り
ズックの底で火の粉をもみ消し　また一本
蠟燭の焰で点火させては弟に手渡している
影絵のような像がときおり車のライトに照らされる

不意に高下駄が宙に舞い　塀にあたって弾けた
火の粉が落ちたのだろう　兄が弟の足元に蹲り
弟の顔を見上げて　窘めるように何か言っている

ソファーの上で眠っていた……　いつの夏
火薬の匂いがして覗いた窓から　もう一度
顔をだすと　もう子どもたちはいなかった

夏

8・4

遥かなる永遠を　浮遊しながら
見下ろしてさえいないのかい？　雲よ
手を差し伸べたこともなかったが
眼差しはいつだっておまえを捕らえていた

日毎　夕暮れの死を死んで　甦る
おまえの変容は　いつだって眩しい
大地に置かれた私の肉体　……夏

巡り来て　また一年　死に近づいた
ああ　空よ　おまえだけは
知っているような気がする
私の　憧れの　生い立ちと

不幸と　罪と　過ちと
もっと　もっと
少年の日の　世界に触れていた

夏　8・6

一日たりとも同じ日はない　とはいえ
一日たりとて想像されなかった日はない
そして　今宵の盆踊り　何を舞うのか？
踊っているのか　踊らされているのか

それより　多くの踊っていない
卓袱台でビールを飲んでいる人々
彼らはみな　同じ夢を見るのだろうか？
誰ひとり　はぐれた夢を持たない

ああ　それでも　気づいたろうか
光が灯った　夜の底　誰もがみな
同じ光を浴びた　同じ時間の　同じ世界

呼吸の苦しいときは　誰もが苦しい
同じ宇宙の　同じ地球……　同じ夜空で
吸った　同じ太鼓の鳴る——

夏　8・10

放したいのに　捕まえた　蟬の軽き身に
世界はこんなものだと嘯きながら
息子の虫籠にほうりこむ……　こんな夏
おまえには　こんな命しかなかった

夜がふけたのに　耳元で鳴っている
シタールのような　合奏の持続音
闇を切り開く　おまえの　そして
おまえの　父の　父の　父の　声

ああ　いつの日か　おまえの息子のために
捕まえておくれ　そのとき　おまえのように
うたえるだろうか　祈りの歌を

2600万年の絶滅のサイクルのなかでは
死者だけが生き残れる……　そのとき
どんな夏の空で　どんな星になって出会える？

夏　8・13

風ひとつない　よどみのなかで
目をそらしているうちに　消える
雨上がりの夏の雲に　語りかける
――おまえだけが無傷だ

その白い　広大な楕円に　私もなりたい
それとも　おまえにも　あるというのか
私の知らない　苦悩が……
持続する　微熱と　頭痛のような

ああ　酔うしかないのだよ
冷蔵庫におかわりのビールを求め
地上にひれ伏して　眠るしか

37・9度の体温は私の意志とは関係がない
どこへ行くのか……　空は不動だけれど
雲よ　おまえの気まぐれを　私も装いたい

夏　8・14

虫（蚊とその種の生物）ばかり殺している
ワープロのキーボードの隙間にまで落ちてくる
水割りのつまみにハンバーグを食べている
……こうして生きてきた　死なずに

プールの水中のゴーグルをとおして
何度も盗み見られていた　少女よ
特別のことは　きょうもなかった
満天の星など　見えなかった

死ぬために　生きている
とはいえ　ほとんど滅びている
とりわけ　生気に満ちた肉体のまえでは

おまえの夢のスクリーンに
夕陽が沈む……　ああ　だから
おやすみなさいを言わないでも眠ってみせる

夏　8・15（蔵王）

葉が重なりあっているのに　明るいのは

風で梢が揺れ　太陽が下にこぼれてくるから？
快晴でも地面が濡れているのは
枯渇しない感性が森にはあるということ？

なぜそこに入り　そこを出るのか？　それは
人間が太陽の子であることを教えてくれる
帰り道には肉体が　なぜ
生き延びようとする意志をもつのか？

ああ　兵士でもないのに　雨の日より
太陽が恋しいのはこんなときだ　それは
そこが人間を必要としていないからだ

――それは汗をかかないのに
私は爬虫類のように這いつくばって
額に汗を吹きだすがままにしている

夏

8・16（蔵王）

問題はいつだって収束する
――なぜいまここにいるのか？
問いかけの発端は明瞭だ
そこに望まれていないからだ

山の主から　今朝　リフト券のように
「夏カード」を手渡される夢をみた
あと何枚だったか　数えるのを忘れたが
それが夏の終わりの年中行事だったのだろう

ああ　彼は知っておいでだったのだろうか
私がリフトを昇りには使わないことを
私の夢が過去向きだということを

そして　私　おまえは知っていただろうか
おまえの過去の夏に引き戻るには　毎年
エネルギー量を加算させねばならぬことを

夏　8・18

寝静まった夜　カーテンをひいてしまうと
風も　空も　私も　消える
夢の景色が　夏という幻想風景に
触発されていたからだ

ここからそこへの　跳躍ができない
虫籠に囚われの蟬のように動けない
（ほんとうのことを言おうか……）
ここがどこだかわからない

それでも　息をつぐのはなぜ？
風穴がどこかにあるから？
夜は長い　朝がくるまで

終末が近い　夏の――
おまえが焦がれ　夢で
なんども　垣間見た

夏　8・23（松島・記憶）

ブラインドをあけると　光の照射に目が射られて
もう　風景は影絵のようにしか見えない
海の面に陽が跳ねて　ボートが通ると
波紋がいつまでも消えない

もういちど海を見ようとブラインドをあけると
敷いてある布団を背景に　影のような自分
（隣の部屋からはかすかに赤ん坊の泣き声）
いつからか　髪の形さえ見なくなった

ああ　少女よ　吐息はもう蒼くはない
きょうのできごとが夢のようにあるのに
ましてや　記憶の海は遠くに流れていく

夢で　それ以外　何も起こらなかった
（夢の渚に投げた思いを拾ったという
ニュースを今まできいたことがない）

エピローグ

赤く熟れた太陽が山頂にかかっている
それは何ということだろう　目を瞑ると

幻に似た　世界の終わりに似た――
うたいやまない　風　いくたびも

今日も一日が終わった（ああ
おまえは今日も酔っている……）
落日のなかにいると　夢の風景に
佇んでいるような　そんな気がする

できるなら　夢のままで　できるなら
空の青さだけを詠っていたい

――

夕闇に包まれてはいくが　空よ
真昼の青の記憶のうちに眠れ　私が滅んで
少年の日の記憶のうちに微睡むように

詩集『風あるいは空に』（一九九五年）抄

世界

いつのまに呑みこんだ
胸のあたりで燃えている
落日の海

凧

自ら飛ぼうとしなかった
それが　飛ばされた罰
空で起こった処刑

雪

死んで　生き　生きて　死に
現在が降る
それも　死ぬ

吹雪

幻想じゃないのに
とどめておく言葉がない
過ぎゆく己の風景も

凪

湧き起こり　消えるものだと
思うことはできないか
――人の世も

夢

どうせつかまえられないなら
きのうと違う　きょうの
幻に出会いたい

白鳥

飛来の軌跡に意味があるのだと
思ったことはないかい
そこにある自分より

家路

たどり着けないから
日々　帰る　発着台
もう一度　踏み切るために

別離

春が近い
ところが　心は
風景とは関係がない

闇

振り返らずに行く
ところが
前が見えない

空

どこまであるのか
投げた思いを追いかけて
戯れた　少年という記憶

春

解いてほしい　すべて
生きられるという錯覚と
生きてきた幻と　憧れた夢

夜間飛行

夜をください
昼　飛べない者と
夢たちに

風ふたたび

次の相に移れない
――さまよっている心
ここにいれないのに

祈り

ひざまずいて
手をあわせてみる
となえる言葉もないのに

恋

1

歩み寄れるという幻想に包まれて
息づいてきたのだという事態が
不意に発覚する

恋 2

世界に絶望する――
それで死ぬこともできる
たぶん　生きることも

落日

心にはあるのに
書き記す言葉がない
いくど呼んだ空しさも

風に

伝えてよ　海に
夏を呼んでいる心が
今年も同じだってこと

吐息

こらえきれないのに
あきらめることもできない
ひれふすことも

真夏

思い出が刃を持っていればいい
時間を逆流する者を
次々に処刑できるよう

海月　1

わたしが毒だというならば
休暇中に漂うあなたは
そうでないと　誰が？

海月　2

毒だと言う人のために
漂うものでありたい
うつろうものでありたい

川

向いた方へ流れる　それを
一途とみる　惑うことなく
思い出もまた

詩集『凪』（一九九八年）抄

七粒の

ふと　届いた便り
そのなかに入っていた
小さな紙包み

掌にこぼれでた
七粒の　花の種子

ひらいた包みに書いてあった

　一晩　水につけて
まいてください

それを水割りのグラスに浮かべ
あすの朝
土にまこうかと

向こう岸の春

家の前で車を降りて
助手席から買いもの袋を取りだしていると
背後から声をかけられた
パーマネントの髪に　グリーンのアイシャドウ
クリムズンの口紅　それに微笑み
二年前にいた高校の生徒だと気づくまで数秒かかった
彼女は黄色のスポーツカーから降りてきたのだった

運転席ではひとりの青年がハンドルを握っている
いま彼女はホテルのフロントで働いているという
……学校にいたときは　授業もろくにきかず
煙草を喫ったのが見つかって停学になっていた
生徒指導室におかれた彼女はうつむいて反論せず
説教に沈黙をもって対抗していた
そんな彼女に笑顔で話しかけられるとは……

綺麗になったねと　やっと言えた
嫉妬したのだった　私の知らない
知りえなかった別の青春に

――うちにあがっていかない？
そんな誘いに微笑んで
こんどお邪魔します　そう言って振り向いて
スポーツカーの中に消えていった

夏の終わり

砂浜で男がバットを振っている
空に浮かんだボール
それを追いかける男の子と女の子
フェリーが沖を通る
ヨットが揺れている
テトラポッドのむこうの海

広場では少年たちがソフトボール
ブランコで揺れている少女が二人
遊歩道をランニングしている学生
小さな城造りのセメントのなか
滑り台をすべる子ども
それを見守る母親

夏の終わり
ホットパンツの下に伸びた
素足が映えていた
犬を連れた少女がそれじゃねと
少年に別れを告げた

少年は自転車に飛び乗り
手を振りながら離れていく
少女は犬にひっぱられ
遊歩道を反対の方角へ歩きだす
もう家へ帰るから

あれほどの海
あれほどの夕暮れ
音なく澄みきったそのなかで
風になびきながら

さようなら
そう言った少女がいた

夢と眠りと空の青さについて

――初めての児に

1

眠るのは　泣いたから
泣いたのは　眠いから
きょうはどんな一日だったかい？
（眠りからもれる寝息からきこうかと）

見えたかい？　山並みのうえの
あかい空　あのうろこみたいな雲
あのまんまるの太陽が落ちたのを

（たんぼに落とした風船のことじゃないよ）
ママが蛍光灯のひもにつないだ
子犬のぬいぐるみが二匹　そのうえには
ワンタッチメリーの小鳥も眠っている

きょうもその手を万歳させて
夢を見てるのかい？　見た夢
ぜんぶ数えているのかい

2

どんな夢を見てるのかい？　ライオンは
歩いているかい　ウサギは？　キリンは？
動物ばかりかい　動物の絵本を
ひろげたままで眠ったから

泣くっていうのは　眼にゴミが
入ったときとか　悲しいことがあったとき
すぐにおっぱいがでないからといって
でてからも思いだして泣くのはおよし

きょう　ぬいぐるみ（電池入りの吠えるやつ）と
外の犬との区別がつかなかったね
おいおい教えてあげよう

日が暮れると夜になって
それから　それから？
朝がくるってことなどなど

詩集『交響譜』（一九九九年）抄

浄夜　――シェーンベルク「浄められた夜」

見上げた月の夜
生きている
道の途中を
引き返せない

0　――松任谷由実「時のないホテル」

時のない国に行き
充実よりは
ゼロの総体を
人生としうるなら

虚空　――キース・ジャレット〈Young And Foolish〉

愚かさを手放した
無分別を喪失した
年を経た賢さも
この身にはないのに

虹　――キース・ジャレット〈Blame It On My Youth〉

罪で輝くなら
若さは過ちかもしれない
過ちで輝くなら
人生は虹色にちがいない

今朝

――キース・ジャレット〈Last Night When We Were Young〉

昨夜は
過ちも犯せたのに
もう年老いた
今朝

孤独

――マル・ウォルドロン「Left Alone」

いずれ死ぬのだから
そのあとでは
語り合えない
それぞれの孤独

人生

――井上陽水〈人生が二度あれば〉

人生が二度あれば
二度目は己れの意志
というもの　それで
生まれてみるかいもう一度

Life

始まりがあれば
終わりがあるだけの
それは
誰のせいでもないこと

罪と罰

かりに　誕生が罪ならば
死は罰　そうでないなら
つまり　誕生が幸いなら
死は　何？

お伽話

駆け抜けた三十年を
駆け戻って　もう一度
少しはください
お伽話がつづく時間を

彷徨

飢えていた
知らなかった
彷徨うことが
生き延びることだったと

雪

降りしきること以外
何もできない
寄り添うことも
別れることも

寒雀

すり寄ってきた命を
すくいあげようと
さしのべた手のすきまから
飛び立つ幻

草原

泣けと
風がささやく
さもなくば
生きろと

窓

春
いつのまに――
心をすこし
放り投げてみる

小舟

流れていたのは
自分という歴史
戻ることない
私という小舟

日の出

自己を喪失した
朝を空想する
人生を生き終えた
晴れやかな朝

波

なぶられてみたい
その激しさに
わかりあいたい
その徒労

Rhapsody

波が立たないで
何の海
狂想することなしに
何の人生

過去

遠出して
こんなにも
想い出にいて
ふたり戻れない

Why

答えがないから
生きるのだとしても
答えがないまま
死ぬのはなぜ？

家路

旅に出たのは
帰るため
生まれてきたのは
何のため？

枯葉

枯葉のように
なおも彷徨う
風が起こると
傷む古傷

吹雪

震える理由を
寒さのせいにできる
いとしさを
愛のせいにできる

夕闇

ふたりでいれないこと
わかったのに
ひとりでいることも
できない

ゲーム

——松任谷由実「No Side」

知らなかった
戦っていたこと
気づかなかった
終了していたこと

半々

——中島みゆき「2／2」

半分の哲学なら
もう半分でひとつになる
あなたと私も
生と死も

想

——今井美樹〈黄昏〉

息づいていた
ここではないところで
夢みていた
今ではないところで

詩集『Multiverse』（二〇〇九年）抄

薫風の海

凪
潮騒
さざ波
きらめき

水平線のむこうに何も見えない
ということは
地球は丸い
っていう
こと

このひろい海の
そばにいて
何もする
ことが
ない

海のむこうには何が
あるんだろう
なんて昔は
思ったさ

釣り竿を
持っている人は
何をやってるのかって？
何も　釣ってはいないのさ

薫風の五月に

庭に出たら
チューリップの揺れと
自分の揺れが
冷たくも暑くもない
風のなかで
同等だと認識した
五月の休日の朝でした
なんだか
自然と一体になれそう
などと思いたち
家族で近くの山に
出かけました
具体的には
何をしようかと考えましたが
あけびの芽をむしったり
たらの芽を取ったり
わらびを引っこ抜いたり
なあんだ　つまりは
自然を痛めつけているだけだと
気がついた一日なのでした
おしまい

河馬と私

季節を問わずのプール通いだが
今年のような猛暑の日々には
水にひたっているだけで
頭も身体も冷やせるというもの

ふと　河馬を思った
いや　河馬のように頭を浮き沈みさせている
自分を想像してみた
――河馬には悪いと思うので
　くわしく書いてみる

たしかに
塩素殺菌で水温30度と
管理されたプールのなかでは
大気の熱風も世の狂乱も忘れられる
十分間の休憩時間には
プールサイドに横になって
腹の上の夥しい水滴を眺めたあと
あなたの皮膚感覚で眠ってみる
つまり陸の暮らしがしんどいので
水のほとりにいる
――しかし　それを
暮らしとは言わないよなあ
決定的に異なるのは
ここに生活の一部があるとしても
これは主たる生活ではないことだ

なあ　河馬さん
あんたにも妻や子供がいるかもしれないが
水浴びしたあとチューハイなど嗜むことはあるまい
夕焼けをその潤んだ目で見やることはあっても
CDを聴いたり映画を観たり読書をしたり
その他もろもろの娯楽をエンジョイする
なんてことはあるまい
どうだい？

夜には陸にあがって
草を食べるそうですが

あんたの楽しみは
夕涼みとか天体観測とか
そういうものだけかい？

それとも
こんなふうに言いたいのかい——
これから私は水から出て
つまり河馬の容態から脱して
陸にあがっていくのですが
さかさまの状態に　つまり
バカに陥るんじゃないかって

休息の必要

——デイヴィッド・クンツ著『急がない！　ひとりの時間を持ちなさい』（主婦の友社 1999.5.20）読後録

歯医者の診療チェアや
床屋の伸縮チェアに
眠りこんだここちよさなら
掘り起こせば脳裏にあるさ
けれど
何もしなくともいい時間が必要だなんて
知らなかった
活動するために休息するのは
生きるために眠るようなもの
休むたびにきこえていたのだろう
活動を促すささやき声
しかしながら
目覚めながら立ち止まるだって？
そういえば
こんな人生も最初から立ち止まっていた
のかもしれないんだよなあ
まあ　いいか
それもこれもすべて御破算にして

だからこそ　休息が必要なのは
あんたの脳味噌そのものだ
という忠告には　こちとらも実は
用意しているフレーズがあって
休息が必要なのは
宇宙そのものじゃないかと
論理的に述べようとしていたのですが
さっき思い描いていた想念は何だったたか？
忘れてしまった言い訳は
休息しなかったから？

紅葉狩の恋人たち

あのさ
ぼくたち
恋人同士じゃないんだけど

こんな晴れた日には
ふたり
紅葉に囲まれた湖にでかけ
手をつなぎ
いい天気だねとかなんとか言って
恋人同士のふりをするのも
なかなかいいじゃんなんて
きみに
電話をかけようと思った
日曜の朝だったのさ
きみは不在で
きっと　男と
その　湖かどっかで
恋人同士をしてるんじゃないかと
ひねもす想像していたら
どうにも妬けてきて
焼けるのは

むさくるしいこの胸ばかりでなく
西の空もだったのか
と気づいた
夕暮れだったのさ
おしまい

落日

世のため人のために生きてきた
という自負はない
自分のために生きてきたのか
それもわからず
いずれ死ぬのになぜ生きるのか
そんなことも知らない夕暮れに
知っていると思われることを
書いてみようかと思ったのだ――

夕焼けを眺めながら
チューハイがおいしいこと
鳥が二羽　飛んで行ったこと
それはなぜかと推測するに
夕方だから　鳥たちも　おそらく
塒《ねぐら》に帰らねばならないということ
そして
私はすでに帰っていて
酔いが増して
このこんなものを書いたあと
寝床にきょうも
横たわるだろうということ

それだけか――
それだけでも
何のために眠るのかは

わかってこようというもの
おやすみなさい

午前3時

雨の音がして
目が覚めると
午前3時
窓をあけると
だあれもいない
南側はどうかと
ベランダにでてみたが
そこにも誰もいなくて
みんな、どうしたんだ！
と叫んでみたかったのだが
そうか
眠りに就いていることが
大事なんだと思ったとき
こんなものを書きはじめた私は
無為自然がたいせつだという
老子の言説を信じていたくせに
何なのだろう
このこんなことに
ノーを告げたくもあるのに
その根拠がどこにも見当たらない
わたしたちは
いや　私は
何をしているんだろう
――月を見ている

風の歌

風のような詩を
書きたいと思ったから
白い紙を風にゆだねて
飛ばしてみた――

などという
詩行を信じてはいけない
なぜって
そうする代わりに
今　私はこうして
ペンで紙に　ですらなく
ワープロの画面を見ながら
キーボードを打っているだけだから

たいしたことではないのだが
百年にも満たない暮らしのなかで
取り返しはつかない
言ったことも
書いたことも
生きたことも

――ところで
風のような、と思ったのは？

言葉が語義を持ってしまわないうちに
何かが浮かんでくればいいかなあ……と
世界はあまりに意味を追求しすぎたと思った
から

――それは

最初から幻想では？

サンタクロースが心には存在するように
風のような詩がこうしてここにあり
幻こそ現ではないかと
そして　それに　風に
身も心もゆだねてみたいな　と

朝焼け

1

晩秋の夜半
五木寛之のエッセイ集
『夜明けを待ちながら』をひらいていた

「きみも同じことを考えているんだな。
だったら、ぼくもそのお喋りの仲間に
　入れてくれないか」
と著者が言うものだから
わたしもお喋りの仲間に
入れてもらうことにした

わたしもつらいと思うひとりだから
「生きる意味」を考えながら
《相談者との対話》と対話していたら
居眠りしていたらしい

それならばと心を入れ直し
不眠を期してあれこれ呟いていたが
またしても眠りの国へ

つまり
夜明けを待たずして
眠りこけたということを知って
今これを書いたのです
『夜明けを待ちながら』を読みながら
待たずともやってきていた
朝に

2

真夜中に起き出して
書き始めました
なぜ生きるのかという問いを
自分にぶつけてみました
外が明るみ始めました
答えが見つかったように思いました

それは——

人は誰でも一度は死ぬのだから
その前に生きてみよう——と
まあそんなことです
おやすみなさい

生と死のメルヘン

わたしたちはなぜ死ぬのだろうか
という主題のテレビ講座があって——
個体細胞の老廃と新生の絶え間ない繰り返しは
生きるとは刻々と死にゆくことを意味しており
無数の細胞の死の積み重ねによって
生はあるのだという

そうか
生物の歴史は死の歴史
無数の他者の死の果てに
今のわたしたちがあり
個体もまた死ぬことによって
種としての生に貢献する

しかしながら
死ぬ理由がわかったとしても
なぜわたしたちは
生きるのだろうか?

……
まあいいか
生まれたことで
思い悩むなんてことはないさ
いずれ死ぬんだからね

世紀末の鴨たち

わが家の庭のように足を運ぶ
通勤途中の公園に
今年も冬がやってきて
ときには　新雪で
道がなくなったりするのだが
鴨たちよ
きょうは吹雪いているのに
やっぱり　池の面に
浮かんでいるのかい?

おまえたちは　みな同じに見えるが
たがいに見分けはついているのかい
つまり　たとえば

きのう恋をした相手に
きょうもまちがえず
ラブコールを送っているかい？

それにしても
おまえたちには　名前も肩書きも
それに　勤務時間などというのも
ないんだろうな
地球温暖化のことは知っているかい
オゾン層破壊　酸性雨　大地震　それに
このあいだの臨界事故については？

世紀末だなんてことも
知らないだろうな
そうか……
地球が滅びたって
知ったことじゃないか

そんな顔してるね

大晦日

書斎のこたつに胸まで入り
座椅子にもたれ
ワープロに向かっているが
実は今　何もしなくともいい

なんにもしなくともいいのに
窓から空を見ている
（今年の師走の空はとても気まぐれだ
太陽はさっき顔面に照射して眩しすぎたのに
今はもう雨粒が窓ガラスにへばりついている）

なんにもしなくともいいのに

キース・ジャレットを聴いている
（ブルーノートでの六枚組ライブを
　ＭＤに編集しなおしたものだ）

なんにもしなくともいいのに
酒を呑んでいる
（いつものことだが――）

大掃除も買いものも
子どもたちの世話もすんで
なんにもすることがないはずなのに
自分の面倒をみている

新千年紀元旦に

目を覚ますのも
用を足すのも
髭を剃るのも
めだかに餌をやるのも
アンプに電気を通すのも
すべてが今年初めてのこと
プレーヤーに載せるＣＤには
すこしこだわってみたいな
聴きすぎていないもの
それでいて好みの音楽家のもの――
何　載せたと思う？
キース・ジャレットの『ステアケイス』さ
ピアノの音とうなり声が
元旦の朝の空気を切り拓いてゆく
とはいえ
新千年紀の幕開けだというのに
生まれて初めてのものなんか
なあんにもない

何か生まれて初めてというもの
ないんだろうか
この詩は？

二月の恋人たち

ジョン・レノンとオノ・ヨーコのカレンダーを
部屋の壁に留めたその日から
寝ても覚めてもふたりの視線が
こちらを向くものだから
向き合ってみることにする――

モノクロの髪もジャケットも黒地に溶けて
抱きしめた両腕がどちらの腕なのか
すぐには判別がつかない
わかるのは

ふたりが男と女であり
気がねすることなく溶け合って
互いの生活の三分の三をも分かち合って
夢も現実もねじれることなく
愛と正義や反抗と実践に裏も表もなく
世界に対峙しているということ

とはいえ――
駅での見送りさえ人目を気にし
別れの時刻がやってくる
互いの三分の一の世界で溶け合う
恋人たちの恋情を超越していても
電話を待つせつなさも
便りを交わすときめきも
片時の逢瀬の喜びも
ないんだろうな
いつでもふたり

寄り添っているのだからな

百年の人生

地ビールの泡《バブル》やさしき秋の夜
ひゃくねんたったらだあれもいない　俵　万智

桜はいつだって　今年も
いまだかつてなかった開花だから
季節が変わり年度も改まったなら
過去の自分に固執するなんて
もういいじゃない

諦めること
手放すこと
御破算にすること
すべてを葬って
ゼロからスタートする
——自然界の存在はみな
　生存の機会がそれだけ
　　何回もあるってこと

百年すれば
だあれもいないのに
争ったり
羨んだり
憎んだり
焦がれたり

すべてが許せると思うのは
とろける地ビールの
かつてない酔いのせいだけでなく
ひゃくねんたったら何もかも
過ぎ去るという希望

それとも諦念から？
どちらにせよ
かあるくかるく
かあーるくね
こころ

晩秋

生きた
愛した
書いた

と、スタンダールは
人生を締めくくったそうだ

そうか
これなら偉人でなくとも
できるな

（窓越しに
陽射しを浴びながら
まどろんでいる

晩秋の夕暮れの
疲労と悲哀に満ちた偉人の
夢をむさぼるように）

額縁の春

教室では受験できないという生徒ふたりが
春休みの宿題テストを受けている

がらんとした会議室の
窓をひとつ開け放ち
外を眺めている
――彼らは問題に一心不乱に取り組んで
　私は他にすることがあったろうか

いつも見ているはずなのに
近景の木々の葉が風に揺らぎ
鳥のさえずりがあって
ときおり四、五羽の群れが舞う

おだやかだ――
世界はここにある
それは予測しえないでここにある
――昨晩の採点業務の労苦が幻のようだ

三十分も外を見ていると
レム睡眠のような時間を過ごしていることに気づく
――春のこんな朝に
　何もしなくともいい
　時間があったことに驚愕する

さらに驚くべきことは
額縁の内側の　つまり
春の外側に捕らえられている
生徒たちと教師の
なんという営為

太陽

学校の渡り廊下から見える
太陽が山頂にかかっていて

沈むのに三分もかからないと言ったら
ひとりの生徒が反論して
何かける？　と尋ねた
（まさか自分などとは……）
――イエスタデイ

一万七千何回目かのいつもの睡眠のあとで
早目に目覚めた朝に
太陽を見た
空気が澄んで人も通らない朝に
ほんとうはまだ眠っているであろう
目覚めなくともよかった朝焼けに
夢のように現在を噛む
――トゥデイ

ふと
きょうの太陽が
きのうの太陽と
同じであることの不思議に
打たれていた
そして　きのう
クリントン大統領も
ユーゴスラビアの要人も
コソボ難民も
見たであろう太陽と
同じであることに驚いていた

ひとつしかないもの――
真理とか正義とか規範とか
そんな言葉が心をよぎった
そんな言葉に対応する
具体的で目に見えるものがあるとすれば
こんな太陽ではないのかと

誰もがもっと夕焼けを
誰もがもっと朝焼けを
見るべきではないのか
（昼の太陽は眩しすぎるから）
雨の日なら？
こころに空想の太陽を
映し出してみたらいい
——トゥモロウ

進路選択

休日のいつものドライブコース
町並みを通って行くから
右折・左折・直進の組合せは星の数ほど
十字路で右折レーンに入って
直進レーンが空いているとする
でもコースを変えるのは困難で危険だ

ふと生徒たちの進路志望の悩みを思った
目的がないなら別であるが
目的地に辿りつくまでの道程がいくつかあって
それは選択されねばならない

選んだことを後悔したり
選ばなかったルートへの思い入れがあったり
いずれにせよ選択の自由は
自責の念を生むんだよね

そこで
人生最終のゴールを
思い浮かべる
——死

どうやってもそこに辿りつくのだから
どのルートを選択してもしょせん同じ?
すると選んだ意味が光り輝く

夏の終わり

1

いつもの夕暮れ
バットの素振りをしに
家の前の広場に出たら
小型車が一台あって
運転席と助手席には
人影があったのさ

月の光も星も淡く滲み出てくる
宇宙の底の
雨が降り出しそうな曇り空の
こんな閉ざされた空間に
拒んだり拒まれたりのふたりがいて
しばしの時間……

不意に
テールランプに灯がともったら
あっという間に立ち去った
跡形もなく

さようなら——
祝杯をあげたいのは
こんなときさ

2

家の前のいつもの広場で
素振りをしていると
プールからの帰りなのだろうか
水泳用のバッグをかかえて
濡れた髪の男と女が通り過ぎ
女は軽口をたたいて
男の肩をポンポンとふたつ叩いたのさ

女のほうに恋人がいるのかは
知る由もないけれど
男はうなだれていて
きっと思い煩う人がいて
女に励まされているようにも
見えたのさ

そうだとしても
それぞれの車に乗って帰る別れぎわ
月夜の下で口づけなど
してくれなくてもいいものを

さよなら
夏

陽だまりの窓辺で

陽だまりの窓辺に
一匹の雀蜂が舞い降りた
あっという間に
目の先ほんの五十センチほどの
開け放っておいた窓の内側の桟にとまったのだった
——まるで懐に飛び込んできたかのように

むこう向きになって足をこすっている
尻の先から瞬時に飛び出す
手裏剣のような針
紙を束にしてはたき落とそうという考えが
脳裏にひらめいた　それを
思いとどまらせたのは何だったのか

何をしているのだろう　いや
何をしているかは見ていればわかる
わからないのは何のためにそうしているかだ
——高校の生物で習ったことがあったろうか

くるっと向きを変えた
目が離せない
襲ってくるかもしれないではないか
こちらを見ている

——そうだろうか？
私を見ているとすれば
何のために？

足が小刻みにさっきから動きつづけている
そういえば　腹がずいぶん太い
何を食べてきたのか
その瞬間——
あっという間に飛び立って
舞い降りたときと同じ軌跡を辿って消えていった

窓の外では
赤とんぼが飛んでいる

それから
しみじみと考えてみた
雀蜂でも赤とんぼでもなく

秋の日和の長閑さのわけと
なぜ私がここにいるのかを

秋の日の散策

秋晴れというにはものたりない
曇り空の十月も半ばの昼下がり
仕事のついでに寄ったCDショップに
傘を忘れたことに気づいたのは
職場の玄関をくぐったときだった
優雅に四十分もかかって外出してきたのだが
取りに行くことの不条理が胸に押し寄せた

不思議なものさ
余計な行為だと思うと走ってしまうのだろうか
十五分で戻ってはきたが

その時間に別のことができたのだと思うと
散歩がてらに秋の道を歩んだことの意味が
心のなかで揺らいだ

己れの意志が己れを動かしたことは快感で
意志に反して動かされたことについては
不快感を感じるとは――

思えばただ走るということのために
ずいぶん走っているではないか
運動のあのトレーニングと称して
それに同じコースだったにせよ
気持ちのいい散歩が二度できたと思えば
けっこうなことではないか

急いで　どこに行く?
行き着くところが同じなら

寄り道したっていいじゃないか
ハプニングのない人生はつまらない
それにこんな無為自然も生まれたじゃないか

夕焼け

土曜の夕方
チューハイの氷が溶けたので
補充しに台所に降りて行くと
玉葱を買って来るように妻に頼まれた

悪態を二つ三つついたあと
息子の自転車を駆って最寄りの店を訪ねたら
どこも閉まっていて
ちょっと遠いスーパーまで行ってしまった

帰りの西の方角に焼ける空を見た
夕焼けを何遍見てきたか
それは知らない
いつの日も異なる形態で焼ける空の
そのときに現れた夕焼けの美しさを
表す語彙をさっきから探しているが
買い出しを命じられないと
見ることはなかったかと思うと
感じ入るものがあった

つまり
生きていなければ見ることのなかった
きょうという日の夕焼け
それより　もっと
その輝きの裏側でこれまでずっと
陰画のように息づいていたのかもしれない

戦場から

オンザロックのバーボンを手に
ベランダから夕暮れの空を仰いでいる
——ああ今日も生き延びてきた

西の山の向こうが赤らんでいるのに
東の方の空はまだ青の記憶にまどろんで
視線は動くものにとらえられるからなのか
百メートルほど先の通りに向いてしまう——
それにしても
ひっきりなしの車の往来
こんな地方のこんな通りでも
人の姿を見かけるよりは
車を見ることのほうが多くなってしまった

土曜の夕方なのに
小学五年の娘はスポ少に行って
六時半を過ぎないと帰ってこない
中学二年の息子も塾に行っているので
六時を廻らないと帰ってこない
妻は生け花の習い事があるのでまだ帰らない

現代は戦場なのだ
という思いにふと襲われた——
こんな美しい夕暮れのなかにいて
私以外　誰もが何かと戦っている

　去年の秋　出張の日の夕方
　ホテルの一室で
遠くの国道を通る車を見ていた

目の前には小高い山と緑の木々や
田んぼが広がっていたのに
せわしなく蟻のように往来する
マッチ箱のような車に気を取られていた――
ホテルの部屋のソファーに辿りついたときには
開け放ったカーテンの向こうに
一面の空があったことに驚いたのだったが
その土地の地酒を口にしながら
ある種の不思議に満たされていた
それは――
電話も来ない　来客もない
ひっそりと音もしない
そして生涯あるいは訪れることはなかった空間
の
時が止まったホテルの一室にひそんでいる
己れという存在の　いつのまにか
この世に出現している不思議であったか

こんな美しい夕暮れのなかにいて
誰もが何かと戦っている
しかし　私もまた　今日
戦場から帰ってきたのではなかったのか

夢の惑星

ある十八世紀の天文学者によれば
火星には季節と大気があり
知的生物が私たちと似た
環境を享受していたという

一世紀あとの天文学者たちは
乾いて死にかけた火星に
両極から水を輸送するために

水路が建設されていたと主張
そして二〇〇七年二月
今日の報道によれば
火星に水が流れていた痕跡が
ついにつきとめられたという

そうか
火星の生物はみな絶滅し
そして地球にいるものが
その痕跡を見ているんだな

もめごとがなくのどかで
平らで和やかな地平が
火星に広がっているならば
それが平和

やすらかにやわらぐものが
和平であるならば
いまこの地球の争いと抗いは
すべてが徒爾

とはいえ
明日を生き
枯渇するまで回り続けるのが
地球の務め

この惑星を　離れて
遠くから眺めれば
つぶらでみずみずしい物体と
原始人は見たにちがいない
米粒みたいなこの地球で
繰り広げられる善行も愚行も

いつの日か干上がったら
それは夢

初冬の曇り空の下

気ままに歩いてみたのは
初冬の曇り空の下
まわり道して急がない
無名であることの
喜びが湧いてくる

既在はどのように
己れをふたたび取り戻し
将来はどのように
可能性を生起し
世界内存在はどのように

現在を超えていくのか?

問いが私であることを
了解しながら
漂うように
歩いている
――実は
蕎麦を食べに行ったのだったが

地図?
それは今はいらない
歩くことのできる
悦びをかみしめる

責務も恋心も
味わい消費するために
あるのだ人生は

――と
　風がおしえてくれていた

休眠打破

桜の花の芽は
夏に形成されたあと休眠に入り
冬の低温にさらされると眠りから覚め
開花に向け生成を始めるという

睡眠が打ち破られる
休眠打破という
その営為は
創造主のいかなる計らい？

眠ることで沸き起こった
未だかつてない春への志向
その一方では
誕生の意志への超然とした支援

――冬のない国に桜は咲かないという
春に咲き誇る花たちには
冬の寒さが必要
無慈悲こそ慈愛

――つらさこそ成長への必要条件
堪え忍んだ記憶を引き連れて
生命は更新する
春の日の陽のもとへ

詩集『詩神たちへの恋文』（二〇一七年）抄

星降る夜

さびしいから人は抱き合ふのだ　と
とつぜんに　はっきりわかる
（吉原幸子詩篇「海を恋ふ」より）

海を恋う、ひとを恋うように。

せつなさを回避するためにせつなさを回顧する、ひとつの矛盾。つらさを避けるために取り込んだ恋心の、ひとを求めすぎたせつなさによってつらくなるもうひとつの矛盾。そして、矛盾によって傷ついた人生に、終わりという贈り物が贈られるというさらなる矛盾。矛盾のトライアングルで、すべてが帳消しになる？


海は凪いでいる。愛が遠ざかったように。

台風はいつのまにか温帯低気圧に変わった。もう訪れることのない海の、もうやってはこないエクスタシーの記憶が、遠くに残り火のように火照っている。

飢えて求めた渇愛の、過ぎ去った静けさのうちに佇んでいる。闘い終わった苦悶の記憶と、恋も人生も終わるという摂理のうちに、包みこまれている。かつて激しく刺したカニもヤドカリもいつのまにかひっそり眠ってしまった。

そうであるとしても、さて、人生とは何のためにあったのか？

それにしても、やはり、さびしい。幕が降りるというのは。終わったことさえ、終わるというのは。そうして、世界が終わったあとでさえ、白ペンキの剝げかけた海辺の家に、灯りは祈りの蠟燭のように届いているのだろうか？

さびしさの、もうひとつの明らかな解答——さびしいからひとが抱き合うのは、抱き合えない今があるから。

エクスタシーとは、いまここにはない彼方へと移行すること。それならば、抱き合うとは、いまここで抱き合う意味から解き放たれ、脱自的に実存する自己企投。彼方へと超え出たあとで愛撫の対象を失うならば、それはひとつに溶け合うことのできない個体がふたつあるから。

そうして、愛撫とは来るべき何ものかとの戯れであるにもかかわらず、心は常に逃れゆく何ものかを渇望しつづける。したがって、夥しく抱き合ったあとで残るもの、それはさびしさ？

いっさいは過ぎ去る風景。悪夢であれ吉夢であれ、超えられるために現実はあったのだと、突然にはっきりわかる。〈海について考へるために／忘れられた　海〉——海を愛と言い換える。わたしが訪れず、わたしを訪れない——。

放られている。生きたことが昏睡のうちに忘れ去られ、忘れることができないことさえ忘れ去られ、諦めることができないことさえ諦めねばならぬ世界に——。そうとすれば、ひととひとは何のために出会うのか？

世界には問いのみが残される。とはいえ、今さらながら、返してもいい。すべての問いを。いや、生きることなくしてはありえなかった傷心、傷つくことなしには成就しなかった恋心、焦がれることなしにはありえなかったときめきとせつなさの、いっさいを。星降る夜に、痛みの記憶とめくるめく夢の祝祭を引き連れて、永遠の眠りを希求せしめた——。

朝のりんご

ところで
きょうのあさは
りんごをひとつ　てのひらへのせた

つま先まで　きちんと届けられていく
これはとてもエロティックなおもさだ

（小池昌代詩篇「りんご」より）

きょうの朝は、かつてなかった朝であり、ふたたび来ることのない朝である。どんよりとした空の、外は冷たいにちがいない二月の終わりの休日の、パソコンに向かいこたつのなかに半分埋めている身の、二度やってくることはないこの朝の、あたらしさはこのうえない。生きている理が、朝の光に透けている。

時間は過ぎ去ってもはやないものではない。それは我が身に刻まれている。半世紀も生きていれば、その堆積は重くのしかかっている。しかし、身が軽いと感じるのは、更新される朝のあたらしさのせいであるにちがいない。

きょうの朝は、りんごをひとつ掌へのせてみる。四百グラムほどの重さだが、掌から腕の筋肉を通って肩に伝わると、身体の中心が少しずれることがわかる。身体の中心がバランスを保つ作用によって変えられたように、地球の中心もまた少し動いたにちがいない。バランスが変容したことで、りんごの重量がきちんとつま先まで伝わってくる。腕自体の重さとあいまってしばらく抱えていることは、それほど楽なことではない。とはいえ、重要なことは、一個のりんごが地球の中心をもずらす引力を持っているということだろう。

世界はこころが感知する界である。降り積もった過去を清算し、からっぽの内界を朝に迎えている。窓の隙間からは町並がしぼりたてのようにこぼれてくる。朝は澱んだ夜の空気を追い払い、汚れる前の処女雪に似た原初の姿を垣間見せるだけではない。風景がしぼりたてのように現出するのは、世界を迎える自己がまあたらしいこころを準備していたからであろう。

辞書をめくる音が世界を切り拓く。透明な十指による、かつてなく二度とない営為である。二度同じ軌跡を示す所作がないことが、いまさらながら新鮮に思われる。濁りがなく透きとおった指は、世界を未到の界へと導く。このように朝を迎える者に、世界はいつだってみずみずしい。

地球を掌にのせている。たとえば、逆立ちして大地に掌をあててみれば、地球はすでに掌の上だ。


この重さは何だろう、とか呟きながら。すべてが手のうちにあることの不思議は、この世ならぬもの。この地球で起こっている事象すべてが小さな掌にある——イラン、アフガン、イスラエル、パレスチナ、アメリカ、ジャパン……。

エロティックな重さは、生をその根源的な性へと目覚めさせる。エロスは愛の神であり、生の讃歌を奏でてきた。しかしながら、性によってこそひとは惑うにいたる存在であり、その重みをこそ振りほどかなければいけない。そして、あらたな性愛への夢が夢見られるのも、それからだ。

掌にのっているりんごは、解決すべき自己のこころである。具体的な重さとなって手中にあり、したがって別離の哀しみとしてすでに征服されたた惑いである。もう会わない、とこころは告げるだろう。不可能であるよりほかにはない期待ではなく、思いをからにしている無為自然がここにある。

きょうの日の朝がまあたらしいのは、そのせいだ。

　りんごは依然として、掌にある。すると、もう自己はりんごのつづきになっている。のせているのは、りんごではなく、実は世界である。それは、こころによって取り込まれ、抱えられることによって創成されうる先駆的な界、すなわち世界という夢である。

　謎であるゆえにりんご一個分として測量された感性が、すがすがしい朝の時間のうちにある。さらさらな血液が流れるように世界を創成する透明な内省が、更新し消えてゆく感性の実像として、すなわち一個のりんごとして、いまここにある。

眩暈という生

あでやかとも妖しとも不気味とも
捉えかねる花のいろ
さくらふぶきの下を　ふららと歩けば
一瞬
名僧のごとくにわかるのです
死こそ常態
生はいとしき蜃気楼と

（茨木のり子詩篇「さくら」より）


生きていなければ見ることのできない、さくら。

桜は、バラ科サクラ属の落葉高木または低木の一部の総称。中国大陸・ヒマラヤにも数種あるが、日本に最も種類が多いという。春に白色・淡紅色から濃紅色の花を開く。八重咲きの品種もある。

　桜の花の芽は、夏に形成されたあと休眠に入り、冬の低温にさらされると眠りから覚め、開花に向け生成を始める。休眠した花芽が一定期間、低温にさらされることで眠りから覚め開花の準備を始める。それは「休眠打破」という言葉によって言い表される。つまり、冬のない国に桜は咲かない。春に咲き誇る花たちには冬の寒さが必要だったのだ。

　桜の咲く季節は春。暖かい日もあれば、花冷えと言って肌寒い日も多い。春風に襲われて無残に早散りすることもある。桜の咲く時期は、快適な天候にのみ恵まれるのではない。そばに近寄って芽や花を眺めたりもするが、少し離れて一本の樹として眺めるのがいい。そして、数本かそれ以上のまとまりとして眺めるのはもっといい。

　それにしても、桜を見る回数は？　つまり、生きている年数のことなのだが、生涯に寿命があるならば回数は限定されていて、一回見るたびに手元の回数券は減ってゆく。七十回にせよ、三十回、四十回にせよ、それが一生においてとなれば、回数は少ないように思われる。なぜか？　桜の咲いている期間が短く、花の命は短いからである。

　もっと多くの回数を見ているように錯覚するのは、祖先の視線も紛れ込んでいるからかもしれない。私たちは生命のリレーを行っていて、受け継がれた遺伝子のなかには桜を見た記憶がすでに入っている。そうとすれば、今見ている桜もかつて見た桜の記憶も、そして親の親の親の記憶も、混じりあっている。あでやかとも妖しとも不気味とも捉えかねるのは、そのせいにちがいない。

　いっせいに散るのではない。よく見れば、一本の樹には、花びらをすでに落としながら、芽吹こうとしている花びらもある。そうか、家族の一人ひとりもまた、そうである。いっせいに散るわけではなく、一人ひとりがそれぞれにやがて――。

　あっという間の一週間、やがて桜は散りはじめ、いつのまにか通っているのはさくらふぶきの下。満開の桜は一瞬の幻。すると、さくらとは蜃気楼、あるいは空中楼閣。

死こそ常態であるという。すると、生は？　死が常なる状態であって、生とはあってなきかの幻。言い換えれば、生は死という日常のなかに紛れ込んだ、一瞬の奇跡！　ああ、それだからであろう、生きていることが眩暈そのものであると日々、実感しうるのは。

遁走と追跡の

あなたはキツネになってわたしを食らえ。雪のなかでぴょんぴょんはねるわたしを見つけ、血走った目で追ってこい。（平田俊子詩篇「うさぎ」より）

拒まれても拒まれても、追いつめるしかない。心臓が破裂するまで、逃げまわるしかない。徹底的にふたりである。寄り添うことはない。

追いかけるものと、逃げるものとしてしか役割を与えられなかった世界。ほかの世というものはない。徹底的にこの世である。

飢えている。食らうことでしか生きえないものがいる。そして食われるものがいる。世界はそういうふうにしか創られてはいなかった。徹底的に飢え、徹底的に逃れるしかないこの世である。

苦しくとも、あきらめることはできない。あきらめたいと思う気持ちを否定しながら、追うことの切なさを肯定していかねばならない。だから、励まされるのは、ときとして追うものからである。思いやりとはそういうことかもしれない。心が告げる思いは命令法でしか相手に伝えられえない。

逃げるしかない。逃げるためには相手を励まし、生き延びるためには相手をそそのかしながら、逃げ去るしかない存在がある。徹底的に遁走する世界である。

追う宿命と追われる宿命が、それぞれの存在を駆り立てる。緊張の連続が、生という営みだ。そうして一生が終わるのだとしても、追う者と追われる者が同じ空間にあることの哀しみを、認め合っている暇はない。

寄り添うには決定的に欠如している要因が、この世にはある。欲求には承諾が。遁走には諦観が。生きるとは矛盾を止揚してゆくことだ。そして、矛盾を止揚してゆくことにしか生きる意味がないとしたら、この世とは何だろう。

幻滅を避ける方法はひとつしかない。幻想にひたることだ。仕掛けられた罠がある。肉のうまさという誘惑があり、恋心に似た切迫さで食欲がある。生きることを促す要因が光り輝き、そうして、錯覚してゆくことはできる。愛とは幻想だ。はたして、この世は生きるに値するものであったのか?

ひっくり返すしかない世界がある。この世界は、肯定することが難しいからだ。こうして、共生しうる世界はない。追うものと追われるものが――。

追うことと逃げることとの、あの鬼ごっこのようなゲームがここにある。ただ、このゲームはリセットがきかない。ちょうど、すべて生あるものの死に取り返しがきかないように。あるのは、切迫している瞬間の連続である。

あなたとわたし、それがキツネとうさぎとしてこの世にあることの不条理を、受け容れるしかない世界がここにある。そうして互いの存在原理を認め合う。それが愛でないとしたら、この互いへの希求は何だろう。その不条理をもういちど返すことでしかこの世に反抗はない。キツネとうさぎは、互いにその存在原理を認め合うことで、世界に抗している。

逃げることへの没入と、果てることへのうち震えるような陶酔がある。この世は、追いかけるものと逃げるものの、追跡と遁走劇のための舞台であったのだ。

激しさで高鳴る鼓動がある。ただただ、追うことと追われることの――。

泣きながら笑い、笑いながら泣くしかない、世界である。血がほとばしって雪の面に染まり、息絶える。それが生の終わりであり、激しく生きたことの証であると、夢見ることはできる。

生きるとは、その存在原理を全うすることであり、それ以外ではないと悟るときに、存在の終焉が恍惚の死であることの至福／不幸がここにある。エクスタシーの完結が夢見られている。

そうだ。夢だったんだ、この世界は。

風

窓辺に行くと
風のやつ
頬にふれる

（お部屋の中を
通っていい？）
（いいよ）

（辻征夫詩篇「風の名前」より）

風、それは見えないけれどあるように、詩もまたあるってこと。風も詩も、それはあるのに、感じないひとにはないんだ。風は空気の揺動。詩は心の揺動。詩が言葉の言語なら、風は透明な気体の言語群。どちらも音を奏でるコミュニケーション・トゥール。感受しうる者にとってこそ、その内実はあるんだね。

　風のやつ、肉体を持っているんだって。心を持っているのは肉体だからね。肉体が触れ合う愛撫のような接触が、心を揺さぶっていく。他者との触れ合いから生まれるエクスタシーが存在を彼方へと連れ去ってゆく、あの揺動のように。客体よりは実体のないものこそが、感性や心に共鳴するってこと。見えないけれどある愛がそうであるように、寄り添い触れ合うことで対話が生まれる。かつて触れた恋人の肉体のように、いまは触れえない――。

　伸びやかな感性が、生まれては消える。日々、風のように。実感せずとも、満ちては去るのが、この世の習い。恋心のように、せつなく、はてしなく。人の世もまた、いつかこうして消えるだろう。それでいい。それでいけないわけがない。もとよりなかったものだもの。

　逆風、強風、疾風、順風、清風、軟風、熱風、暴風、烈風、爆風、季節風、潮風、浜風、山風、海風、陸風、金風、薫風、涼風、青風、緑風、松風、東風、南風、北風、西風、神風。それ以外にも、名がある？　あるんだな。微風のマリー、隙間風のジューン、ミセス秋風。感じうるひとの風だけ、他の名も。

　過ぎ去ったのだから、今はもう遠い日の、狂おしかった夜毎の中途覚醒、ちりぢりにちぎれた自律神経、過呼吸の果てに流れた寝汗――風が教えてくれたのは、熱病は夢のように存在を滑り落ちたということ。予測のつかない日々に放り込まれ、生まれ変わりゆく存在が自分だった。そして何より、生きることが救済されるべきことだったとは！

　旅のような暮らしだから、思いがけずやってくる風は身に沁みる。それが身体なら、寄り添えるという幻想のなかでもう一度、世界がスパークする。風が伝えるメッセージは、日々新たなるもの。接触によって生成される世界もまた、感じうる心があってのもの。気遣いが見えはしないように、共存在もまた見えない。

新たな気体の流動に巻き込まれ、宇宙の片隅に生成されゆく細胞ひとつひとつ。滅んでいくのではない。生まれ変わっていく。吹き過ぎてもなお生き延びる風、あなたのように。絶対量が変わらぬ、増減なしの、滅ぶのでもない世界にいて、消えて蘇る言葉のように、ささやきかける風語の意味を知るひとは知るだろう。

風。あなたを待ち望みながら、あなたのように生きたいと希求して、彷徨っている旅のような一生。欲望が疎外されてある人生だから、好きだよ、風。きみのその気まぐれそのものが、愛。

風、それは見えないけれどあるように、ひとの心もまたあるってこと、風も心も、それはあるのに、感じないひとにはないんだね。風は空気の揺動。心は存在の揺動。どちらも世界を創る相互存在。感受しうる者にとってこそ、その内実は響き合うんだ。ね?

未刊詩篇

夢のかけら

塵ひとつ初日の出に照らされる
a mote of dust
suspended in the universe
of the new year's sunrise

初日の出　志負う夢一文字
（大晦日の夜が明けると
すべてが無に還り
新たな志を身にまとう
だから
明けましておめでとう
って言うんだな

そうかい
夢がなければ
生きられないとでも？
重ね着っていうものさ
夢の――）

年めくり重ねた夢の厚化粧

元旦の無垢から汚れゆく一年
（玄関の戸からスゥーっと
入ってきて身体に沁み通るのは
元旦の雪
いかなる道理か？
天から降りて汚れゆくのは
雪は白かった――
白さを失っていくのはさて
己れの一生のようではないか）
初夢は遠い記憶の風車

夢なのに粉雪舞い眠れない
　it's only a dream, yet
　powder snow flutters
　through a sleepless night

白き雪　遠い記憶　淡き恋
（天から舞い降り
　胸の奥深く降り積もり
　やがて火照ってきた
　夢
　いつの日の――
　戻るすべのない旅にせよ
　今宵の酒と塒《ねぐら》の温かさよ
　記憶のうちで少年は
　永遠に向かい始めたが
　いっこうに雪は
　まだ降りやまない）
淡き恋　遠い記憶　白き雪

純粋を研ぎ澄ましての賀正雪
（バージンスノーって
　かの国で言う
　あれって何かい？
　ひとの心がオールクリアされて
　最初に戻るような――
　個をクリアしてあらたな
　個を迎える種のような）
純粋の純粋たること雪知らず

炬燵でする四十六億年宇宙の旅
（新たな年を迎えてさえ
　改まらないのは
　この地上で喘いでいる

わたしたち　いや　わたしひとり
なぜなのであったか?
宇宙というより
わたくしが息ついでいるこの一事)

五十七億の眩暈載せて地球号

早春の白鳥の眼にも落日
(介護施設の窓から覗いたら――
雪融けの田に白鳥が十八羽
籾殻を喰いばみながら
北帰行のための風を
待ち伏せている
陽が落ちると
眼に輝いて
たあれは
涙?)

冬鴉冬の哀しさ冬に舞う
a winter crow
circling in the wind
in a spiral of sorrow

花冷えの夜に影法師
cherry blossom chill
reflecting me as a silhouette
spring night illusion

春来たりなば古き傷痕深さ読む
(心の傷は見えはしない
致傷した記憶さえ定かじゃない
がともかく
苦しんで痛んだ胸元が
まぎれもなくあったように思うのは
それが過ぎ去った日の出来事だったから

それで春になって眺めるのは？
　花見ならぬ傷見ってこと）

花冷えの孤独を測る夜の月
the midnight moon
measures my solitude
on a chilly spring night

風と空と四月の雨だけでいい
（花冷え――
身体の芯から冷えて
甦る温暖の記憶
かすかな音がきこえている
風　空　雨……
他に何が必要？
ないだろう
何も）

もういいかいもういいよ春の宵

桜雪うまれた夢に舞い降りて
（花冷えに打ち震えるは何十年ぶりか
という今日　２０１３年４月21日
桜と雪の逢い引きはもとより
何もかもがきょう一日限りだというのに
わが心臓は脈々と鼓動しつづけて
万事の逃走を許し
それにしてもなぜであったか？
昨日は今日の一日前で
明日は今日の一日後
息つぐ合間に過ぎ去る時間
知りもしなかったさ）
桜樹の切り株に眠る夢想人

＊　２０１３年４月21日、南岸低気圧によりこの時期としては珍しく、日本各地で20～60年ぶりともなる降雪があ

り、咲いた桜に雪が降り積もる光景が見られた。

ひたすらに流れ去る水清し
（雲間から洩れる陽射しが暖かく
ようやく入ることができた小山では
いたるところから流れる水の音がして
歩を進めるたび音は増し
ついには目の前に奔流が現れる。
上方の枝々を縫うように水は降りて来て
道端の窪んだ側溝へと流れ去り
山道を登りつづけると
ときおり小鳥の声
ふたたび森の静寂——
幾度も雪融け水に出会い
そのたびごと立ち止まる。
水は自らを流し去り
何ものかを拭い去ってゆく。
——そんな夢からさめると
自分が雪融け水になって流れている。
どこへ？
見知らぬところへさ）
pure and clean
the water flows away
in an endless stream

風に舞う心のかけら数千枚
（花びらが舞う——
荒れ狂い
天空に舞う
亡き夢追い人の
心のかけら？
悲傷した心の破片を
虚空に仰いで
数えても数えても

やはり数えきれず――）

虚空に軽し鳥の舞
（虚空とは
何もない空間
いっさいの事物を包含して
その存在を妨げない――
鳥は何ゆえに
軽やかに空を舞う？
無にしているからさ
心を）
lightly, softly
birds are flying
in an empty sky

早春に見つめあうこと恋と知る
（春の陽浴びて見つめ合う
だれ　と　だれ？
二匹のアマガエルさ
うつろな目で向き合って
無言で通じているのか
それとも交わしている蛙語は
好きよ　とか　抱いて
とか　かな？）
a long gaze
in early spring
turns out to be love

愛を傷と言い直す春霞
（見つめ合ってなど
いないのさ
いまここにあるのは
瞳の奥へと吸い込まれ
見つめ合うまぼろしの瞬間が

霞へと消えて
思い煩っていた
かつての少年の幻——)
in the spring haze
love is rephrased
as pain

春霞遠く去りゆく人ひとり
(去っていくのは
心の内に棲んでいるあの
夢追い人か?　いや
春の霞へと立ち去るのは
二匹のアマガエル
ほら
見つめ合っていたのに
どこへ行ったのやら)

風を追う少年を追う追憶病
(池のほとりを覗きこんでいる
少年は心の隅の水桶を
フナやタナゴでいっぱいにし
ない風をまとって
消えたのだったが——
さてどこへと?)

夢醒めて悪夢去りゆく碧き空
(悪夢がひとを救っている
とフロイトは提唱している
醒めたのは現実の時空間へと——
するとよかったのだろうか?
そうして戻れて)

凪ぐ心明け暮れの酒ついで
(薫風の春

ではなくとも
ついでいるのだが——）

吐息で醒める春の暁
（夢でさえ苦しいならば
日々眠りから覚めるのは
現実へと生きて戻れた
幸福の証か？
厳冬のあとの春眠もまた）

春の夢　白き雲　猫の恋
（避妊手術をすると
穏やかな性格になり
健やかな暮らしができるという
——ほんとうだった
葛藤も煩悶もない幸福は
諦めることによってだったとは

恋を）
春暁《しゅんぎょう》に横たえている我が命

風騒ぐ春にいてさえ春惜しむ
（春を思い返している
今が春なのに——）

春霞　生は死までの片道切符
（平原が霞にぼんやり隠れている。
大地での人間の営みを
高みから見ているんだな
山の神さまは。
ぼんやりした人生っていいだろうな
霞のように消え去って
戻ることのない水のように
暮らしが霞のように浮かんでは
消えていく　ぼんやりと）

瞼おく春にいてさえ春まぼろし
（春が来たとはいえ
こころはいつも
春を待っている。
厳寒の冬を去り
陽射しを浴びてなお
心には映っているのさ
春の記憶——
幻映のように）

春霞　生も死も一夜の夢
（さて　こんなことにしないか
ある朝　外は一面の霞だった
一夜にして人生は通り過ぎていったと）

風　キャッチボールの弧を通る

a wind from the sea
going through the arc
of boys' playing catch

蒲公英《たんぽぽ》の記憶喪失春を舞う
（綿毛となって
光のなかに舞う
花であったもの
実体を失ったほうが
幸福であるかのように）
まぼろしのまぼろしたるこの世界

ひとつまたひとつ葬る春の宵
（葬るのは
重ねてきた夢の
一枚一枚
何ゆえに？

自明の真理ではなかったか
最後の一枚に辿りつくため）

死が生を2秒で打ち消す振子の弧
（人生が2秒だったとしたら
もっと生きやすかっただろうに）

星屑が自我のように散らばって
（この人生は——
宇宙によって夢見られた夢
散らばった思いが美しく
輝いているというような
もうひとつの夢に包まれて）

雪白色の仏焔苞《ぶつえんほう》　四十六億年の夢
（マルティヴァースに咲いた
銀河のまつり

サトイモ科の多年草という
湿地に咲いている
水芭蕉もまた）

水芭蕉　夢で祭りを舞う準備
mizubasho
dreams dance with visions
of festival preparations

そぼ降るだけの春の雨
（四十六億年の太陽系のもと
この春は二度やっては来ないように
わたしたちの生命もまた
二度現出しない宇宙の夢
それを消してゆくんだ
サーっと雨が）

四十六億年一瞬の夢気球

この惑星《ほし》の片隅で聴く雨の音
（この雨は
もう降ることはない
ひとつの奇跡
個の生命もまた
この今にだけ経る
のだったとは）

独り聴く銀河に舞う雨舞踏
（その漢字さえ
涙を流しているように見える
雨……雨……雨……
聴いているのは
雨のように降る
宇宙のクリーンウォーター）
夢で逢えると閉じる夢

死から生2秒で還る振子の弧
（1秒で右に振れると
その同じ時間で左に振れる
行っては戻るその様子の
行きが生だとすると戻りが死
ふたたび生きてまたしても死に
その果てしない繰り返しが
ヒトという種における
個の生き死にに見えたのでした。
歯車の回転を一定にする
調整装置の振子時計の振子の
固定軸の左右に揺れる周期運動）
the pendulum's arc
sways between birth and death
for a space of two seconds

砂時計のごと裏返したい人生
（一定量の砂が小孔から落下する砂時計の
その落下時間は上からも下からも同じで
上を下に下を上に繰り返しているうちに
どちらが上と下だったのか不明瞭となり
ともあれどちらにせよ砂は
最後まで落ちるとチャラになって
次は逆さまにふたたび降り落ちる
そんなふうに人生も一度チャラにして
もう一度生き直せたらと）

it's my life
that wants turning over
like an hourglass

感傷旅行　生は死までの片道切符
a one-way ticket
towards eternal death

a sentimental journey

春眠にこぼれたままの夢の群れ
（春眠暁を覚えずとはいえ
夢見た夢がいくつも現れて
消え去らず
それは何？
大草原に生きる羊の群れ
地平線まで伸びている――）

酔い増して薫風につつまれる
（薫風は天からの贈り物
ワインも酎ハイもいらない
いまここを連れ去り
夢さえ忘れさせてくれる
無償の酔い
それで――

どうした?)

逝く春にこぼれ酒
(陽射しにつつまれ
記憶の影を伸ばしながら
彼岸へと親しい者たちが
立ち去ってゆく
こぼれる酒はそのせい
ばかりではないのだが——)

別れきて春の陽ばかり
(いっさいは空《くう》だとしても
あったことがなかったように
めぐり来る春
三途の川の陽は
おだやかなのであろう
すべて過ぎ去り
色即是空　空即是色
いつだって目指していたさ
向こう岸)

自我を拾いあつめて春
(やはり拾いあつめるのか?
意志と行為の主体を
外界や他人と区別するとしても
自我は過ぎ去らなかった記憶
履歴を引きずる人生は
ジグソーパズル
復元はなしえない
欠けているピースがあるから)

あきらめた空の蒼さが沁みる春
(理想も夢も希望も愛も
棄てたとき

眼に沁みてくるはず
　空の蒼さ）

寒空を仰いですでに還暦
（生まれた年の干支に還るのだから
リセットしてふたたびスタート地点から
生き始めることができたら
と思うのだけれど
さてどんな人生ならよしとなるのか？）
celebration is
unexpected here
my 60th winter sky

眺めおり雪より白い純粋病
（異質なものを含まぬものは
他のものに染まりやすい
純粋が恋心に染まるように）

過ぎてゆく日めくり帳に温む風
（めくってはいまいか
命の洗濯に似てはいまいか
己が身を浄め
彼岸へと送るための）

銀河系もシャボン玉の泡構造
（ふたりは　いや　ふたつは
同じようなものではなかったか
はかなくもいつの日か消える——）

雪融けて銀河にひとり
（いつかは訪れるという
小惑星の衝突から免れ
核の誤操作からも逃れ
宇宙に脱出する計画なのだと

特別番組は伝えていた――
そうか　そうなのか？
いつのまにか人類は
難題に難問を重ねてしまった。
蒼い地球よ
もう帰ろうではないか
生まれた家に）

街灯を路面で辿って帰る道
（天の底を歩いていた――
凍っている路面に照り映える
街灯の艶やかな反射に
こころ射られて）

powder snow falling
a tiny chest creaks
under the weight of dreams

粉雪の夢の重みにきしむ胸
（寝床にぬくもっているときも
胸のなかには粉雪が
さらさらと舞っている
眠りにおちたときは？
夢のなかでも――
目覚めたときには？
雪原の彼方にどーんと
吹き飛ばされて横たわっているのさ
夢のかけらが）

＊　辻征夫詩集『俳諧辻詩集』（思潮社　1996.6.30）における俳句と詩篇の組み合わせのスタイルを踏襲。

晩秋初冬抄　２００９

◇1

切り捨てられる
カレンダーの逆襲
指の腹から沸騰する
血による企て

◇2

中津川渓谷という森の
もみじの紅と黄色が
脳内を幻惑する
十月　戻らぬ世界

◇3

渓谷の森から
湧き立つ白い靄の宇宙
ひとのいない世界は
こんなにも美しい

◇4

十二単《ひとえ》のように山肌の
裸身を蔽う葉と葉の祝祭
緑　黄　赤　茶　……
溶解色の言葉は見当たらなくて

◇5

静脈のような枝々の自在
葉の重みに垂れ
高みを目指し　沈黙の
現在を呼吸する

◇6

十二月　足跡ひとつない
雪の平原に輝く夢幻
立ちすくむ一本の木
長野木曽町　神の生誕

◇7

遠い太陽の投影から
葉ひとつない裸木の
花火の大輪のような枝々
神々の密やかな祭礼

◇8

曙光を受けながら
葉を落とした木々の
延伸という企投
山の頂きより高く

◇9

物語さえ潜めている
澄んだ空気の古戦場
山里は淡く
ただ淡く紅に染まりて

◇10

月明かりのような
遠景の太陽の幻燈
すでにすっかり
世界は幻だったのに

晩秋初冬抄　２０１４

◇1

長野まいめの池に
上下対称に映る木々
紅と黄色と緑と水の
幻想の森

◇2

目を凝らせば
湖面に映る葉は
横縞の波間に揺らめいて
おぼろげな眩惑

◇3

向こう岸の湖面に
たちこもる水煙
化粧を施すかのように
素顔を見せることなく

◇4

木陰にひそむ
小鳥と小動物の楽園
静寂に満ちている
人間が必要のない世界

◇5

岩肌を覗かせながら
遠景に萌えたつ緑の森
一度かぎりの遥かなる
十月の祝祭

◇6

桃色に映えわたる天空
北海道十勝岳連峰から
朝陽に照らし出される
十二月の開宴

◇7

春まで温もりつづけるか
光と風の交響
地肌を雪で隠し
冬模様に包まれる恋心

◇8

葉を落とした針葉樹は
雪をいただいて
天を仰ぐどこもかしこも
光と華の競演

◇9

雪原を渡って辿り着く
朝陽の槍々が木々へと
突き刺さるエクスタシー
自ら幹は知らずとも

◇10

昔物語のような山々の
ゆるやかな稜線
そこに手の届く者は
神以外にはいないはず

晩秋初冬抄　２０１５

◇１

聳える杉　十数本
赤と黄色の交響に
緑を放り込んだ神々の
秋田由利本荘の森

◇２

樹々の葉は
衣装か装飾か
手には染まらぬ
色彩の饗宴

◇３

森の向こうに
さらなる森と森
天を目指す――
樹々たちの営み

◇４

どこまでも
森と湖の物語
小鳥と魚と昆虫たち
それ以外は不要な世界

◇５

水煙に萌える樹木の
十月の祝祭
華やかにとは
自らは知らずとも

◇6
裸木の枝々に
凍りついた雪化粧
無数の手と手が天を指差す
北海道摩周湖の岸辺

◇7
朝の陽を浴びて
かすかに揺らぐ湖面
怪獣が姿を現す
伝説もあったはず

◇8
湖の岸辺に眠りこむ
横たわる黒い山影
上下対称に映える
幻像の深淵

◇9
光が空に放射され
天界の天使たちを誘う
遠く遥かな山脈の雪
舞い降りた夢

◇10
オレンジ色に染まる
森の静寂
透明な相へと消え入る
神々の休息の刻

かぜ

かこにもみらいにも
いくひつようはない

いつでもどこでも
わきおこる

ふしぎだね

みえないのに
ちからがある

いまここに
ともにある

ふしぎだね

そら

とりがとぶために
そらがある

きがのびるために
そらがある

くもがうかぶために
そらがある

ひこうきがひとをはこぶために
そらがある

ゆうぐれがあかくもえるために
そらがある

それならば
——
そらのためには
なにがある？

空

空には
何があるんだろう
と推測しながら
空を見ている

そよぐ風
過ぎる雲
鳥の鳴き声
……

空には
何もないんだ
と思いながら
空を見ている

空には
すべてがあるんだと
考えながら
空を見ている

リレー

川の水は上から下へ流れるだけのように思っていたが
その実　いずれ蒸発して天空の雲となり
雨と降りそそぐ循環のうちにある

ひとはどうなのだろう
いずれ死ぬ人生は行方が決定されている
一方通行のように思われるが――

死が哀しい出来事ならば
人生はひたすら
その哀しみに向かう航路のように思われる
見守るひとも記憶する人もいない
死を迎えるのであれば
人生はやはり哀しいだろう

しかし
ひたすらゴールへと向かうように見え
その実　スタート地点を窺ってはいまいか

表と裏　外と内
下と上　右と左
二者選択の世界のように思われていたが

揺れて動く振子のように
すべては相対的な世界のなかにあり
絶対とはおそらく神が持ちうる概念

ひとが持ちうる概念は相対的

振子時計のように上と下は
すぐにも逆転しうる概念

行きがあれば帰りがある
体内の心臓もまた動脈をゆく血を持ち
静脈を帰る血を保有しているように

誕生から起こった生が死へと帰結する
それもまた他との関係においてある
相対性のうちにあるのではないか

誕生も死もリレーする
自己の死は他者の誕生へと
無念は新たな志へと

恋文

「私の訳した本――『恋文』」という
吉原幸子のエッセイのなかに
自身で訳したこんな二行を見つけた

「何処で?　何時?　幾ら?」
「お邸で――今晩――無料」

三つの問いは単刀直入に切り込まれ
応答もまた逡巡あたわず直截的であり
曖昧さは微塵もないように思われるが
事の詳細は不明なので
状況は幾様にも推測しうる
長編小説のように興が湧く

対話は第三者が入る隙間がないほどで
語の裏と表が合わさるようにくっついている
二つの肉体がすきまなくからまるように――
向き合って話されている会話ではないが
ひそやかに声もたてずに
書きつけられた言の葉が語り合っている

言葉少なに要点をついているのは
間に合わせの紙片に書きつけられたからにちがいない
キューピッドの矢は疾走するのだ――
ある王子が舞台女優の楽屋に届けた
メモとその返事だという

いくら?――無料　という応答がおもしろい
するとこの逢瀬は初のアバンチュールか?

公演の幕間に誰かが使われたのかもしれない
あまりに簡略化されているので
事の次第を5W1Hに基づいて
探ってみたいと思うのだが――
いつ――今晩　どこ――王子の邸宅で
だれ――ふたりが　何を――言うまでもあるまい
どのように――?　なぜ――?

求め合う恋の享楽から　ゆくんだな
人生という物語の修羅場を越えたら
フィナーレのコーダまで

ゲーム　1999.4.4

東京都知事選の一週間前
それぞれの候補の選挙活動の

街頭演説での拍手が
ことのほかまばらに思えた
選抜高校野球における
沖縄尚学の優勝で沸く
沖縄農民たちの昂奮を見たからであろうか

この国では
政治よりスポーツゲームのほうが
興味関心を引くらしい
それにしても
こびるような顔と声
暮らしがよくなる方向へと公約を掲げるも
実のところ当選するかしないかの
ゲームのような白熱ぶり
手段が目的になってはいまいか
つまり当選がゴールになっていては

同じ日
野村阪神が長嶋巨人に勝ち
2勝1敗の成績でペナントレースを開いた
二戦目のバスター　三戦目の投手起用に
打倒巨人の執念を見た
ゲームなのに
こちらのほうが目的が明確な
それはシステム打倒の戦いなのだった

アリの知恵

アリの集団は、すべての個体がつねに働くより、働かないアリがいたほうが長く存続できるという。北海道大大学院農学研究院研究チームの研究成果である。つまり、短期的効率を求めすぎると、組織は大きなダメージを受けることがあると。

アリやハチといった社会性昆虫の集団には、ほとんど働かない個体が常に2～3割存在するという。働き者はいつかは疲れ　休養を必要としたとき、怠け者が代わりに働くようになると。

文部科学省は国立大学に対し、2015年6月8日の通知により、人文社会科学系の学部の廃止やほかの分野への転換を求めた。これに対し、日本学術会議は、7月23日、批判声明を発表し、「人文社会科学には自然科学との連携によって課題解決に向かう役割が託されている」と反論した。

自然科学が働き者で、人文社会科学が怠け者なのか、その議論は措くとする。しかしいずれにせよ、オセロゲームのように逆転は起きうる。必要が不要になり、不要が必要になる。

原発事故に象徴されるように、科学技術万能の時代は終焉しているというのに、文系の課程を不要と考える文部科学省。この官僚集団の単眼的思考はアリの知恵に遠く及ばない。

＊北海道大准教授・長谷川英祐などの研究チームが2016年2月16日、英科学誌 *Scientific Reports* にアリの生態に関する論文を発表。

飛び立とうと

——映画「いそしぎ」(The Sandpiper, 1965)

無差別大量殺戮に脅える21世紀
2016年7月14日の昨日は
またしてもフランスでISによるテロがあり
花火客にトラックが突っ込まれ84人が死亡

今日はトルコでクーデター未遂　１９４人が死亡
しばらくぶりで観た映画「いそしぎ」の
オープニングシーンが心に沁みた――
羽の折れた幼鳥の磯鷸を海岸で保護し
中年の女性が家に連れ帰って手当てをする
生命を尊ぶ　その心は
いついかなる時代にあっても美しい

主題歌は仲間たちとよく演奏する
The Shadow of Your Smile
そういえば女性の微笑みには影があった

無名の画家ローラと
妻子ある学校長エドワードとの恋
逢い引きを繰り返し半年
エドワードはローラとの関係を妻のクレアに打ち明け
ローラは妻と自分の両者を愛していると言うエドワードに失望
エドワードは学校を辞職しひとりあてもなく旅立つ

だれもが飛び立とうとして
飛び立てない　そのせいだな
傷ついた鳥を助け大空へと羽ばたかせる
果たしえない夢のように

てんでんこ

堤防を越え町の通りに海が押し寄せてきたという
ポールにしがみついたが渦のなかに巻き込まれ
濁流の上に光が見え

柱に手をかけ浮き上がったという
死者　　　１５、８９４人
行方不明者　２、５６１人
震災関連死　３、４１０人
マグニチュード9　最大震度7
２０１１年３月11日の東日本大震災から5年
帰らぬ死者　戻らぬ日常　消えぬ歴史

三陸沿岸で生まれた標語「津波てんでんこ」
津波が来たら
各自てんでんばらばらに高台へ逃げろ
そのような津波対策のスローガンだという
身のまわりにいるはずの家族が見当たらない
それぞれがそれぞれを探して慌てふためく
ありそうなことだ

実際に悲しい事例がある
１９９３年７月12日
奥尻島に津波がやってきたとき
避難する母子３人が祖母の家に立ち寄り
命を落とした
祖母はすでに避難していたという

哀しい教えである
津波警報は杞憂に終わることが多く
率先して逃げた者は
「臆病者」「卑怯者」と呼ばれる

自己は他者によってある
などと日頃口走っていながら
他者を見捨て
自分だけ逃げおおせていいものなのか？
解答のない問いのように思われる

解答のない問いは
実はほかにもある――
人類史上　死者は何人にのぼるのか？
ひとはなぜ生まれるのか？
なぜひとは死んでゆくのか？

てんでんこ
各自　あの世へと
駆けていったのだな

＊「津波てんでんこ」は、１９９０年に岩手県宮古市で開催された第1回「全国沿岸市町村津波サミット」のパネルディスカッションから生まれた標語。統計は執筆時（２０１６年3月）のもの。２０１８年3月１日現在、警察庁調べで死者1万５８９５人、行方不明者２５３９人。２０１７年9月現在、復興庁調べで震災関連死３６４７人。なお、7年経過した２０１８年3月現在、全国で避難生活を続ける被災者は約7万３０００人。

エッセイ

春の風

日本海沿いの五十嵐浜の砂丘に建ったばかりの新校舎で、新潟大学教養課程の1年間を過ごしたあと、専門課程を開始するため新潟市中心部の海沿いにある古い人文学部の校舎に通い始めた。その2年次が開始したばかり、1971年4月の晴れていた午前、英文学史の講義が一コマ終わると、中古で買った自転車の荷台に英文科の同級生を乗せて、春の風を受けながら信濃川沿いの岸を飛ばしていた。

眉が細くすっきりと伸び、流し目が流麗で、足もまた細く長く、瓜実顔の平安朝美人を現代にタイムスリップさせたような娘だった。足をそろえ横ざまに後ろの荷台に腰かけたので、危うくバランスを取ろうと彼女は、私のウエストに腕をまわし両手を組んだ。凹凸のある地面で自転車はバウンドし、そのたびごとに彼女の両腕は私の腹部にしっかりと食い込んだ。

川岸町の下宿に着くと、四畳半の部屋の中央に座布団をふたつ敷き、入口付近と窓際に置いた高さ1メートルものこれも中古で買ったスピーカーを前に、並んで座った。畳の上には、来る途中で買ったポテトチップスひと袋とホームサイズのコーラ1本に、グラスがふたつ。それに、タイトなミニスカートから横に流れていた二本の素足。

ブルーノ・ワルター指揮コロンビア交響楽団演奏のマーラー『交響曲第1番・巨人』を、プレーヤーに載せ、会話もできぬ音量で鳴らした。さて、どんな気持ちでマーラーを聴いていたのだったろうか。クラシック音楽などそもそも好きだったのか、今でも不明である。

私はと言えば、ベートーベンやモーツァルトではなく、当時やっとブームが訪れたばかりの後期ロマン派の気鋭、グスタフ・マーラーの音楽の素晴らしさを伝えたいと思ったからだった。それに、自分を理解したいならマーラーを聴いてほしい、などと思いあがっていたはずだ。下宿のおばさんが作ってくれた夕食を食べ終わると、スコアを見ながらヘッドフォンで聴くマーラーは就寝前まで脳髄を直撃していた。

　今にしてわかる。趣味や好みというものは互いに同じものではありえない。また、好みは他者には押しつけられない。しかし、そんな思いはまるでなかった。きっと退屈だったはずだ。その証拠に、感想らしき言葉はひと言も言わなかったではないか。それにしても、52分もの間、会話もせずまったくの無言で、19歳の男女がひとつの部屋にいて、することはと言えばクラシック音楽を聴くことだった。

　そのあとの日曜日、電車で1時間ほどかけて弥彦山にふたりで出かけた。小雨が降りやまない一日だった。ガールフレンドでもないのに、どういう経緯で散策にもデートにも似た小登山に出かけたのか、今では不明である。いや、推測するに、すでに彼女はガールフレンドであったのではないか？　そうであるとすれば、とんだ愚か者であろう、私は。

　弥彦山は標高６３４ｍ、越後平野の日本海沿岸から突き出た山容をなし、晴れた日には新潟県の広い地域から眺めることができた。弥彦神社の祭神・天香山命を祀った山として古くから人々の崇敬を集め、山全体が弥彦神社の神域である。佐渡弥彦米山国定公園に指定されており、標高がもっとあれば誉高い名山になったのではとも言われている。

　雨が降っていたから当然のことではあろうが、私たちのほかには誰もいなかった。山から見える景色も、山道のわきに繁茂しているはずの草木も、目には入らなかった。一本の傘の下に寄り添って、見えるのは傘から流れ落ちる雨の雫だけだった。

　何を話していたのだったろう？　展望台のある山頂付近まで辿り着いても、ただ寄り添っているだけで心が弾んだ。相合い傘がうれしかった。ズックに雨が沁み込んでいることに、思いは及ばなかった。

　下山した麓には釣り堀があって、そこに立ち寄った。虹マスは引きが強く、針にかかった瞬間、棹が暴れ、その動きに比例して心も慄いた。おもしろいほど釣れた。釣れた分だけお金を払うことなど、知りもしなかった。

弥彦山をあとにすると、彼女の家に招かれて、広い洋間の一室に入った。大きなソファがあって、沈み込むように身体をやすめ、彼女がだしてくれた珈琲を向かいあって飲んだ。ふたつの小山のように、遠く離れて。

それからどうしたのだったろう？　それからはたぶん、日が暮れそうになったから、駅まで送ってもらって、ひとり下宿に帰ったのだろう。

それだけのことだった。それだけのことだったが、彼女との逢瀬が夢のなかで今もなお思い返される。その後、彼女には医学部の2歳年上のボーイフレンドができたときいた。虹マスはどうしたのだったか？

――自転車に平安朝美人を乗せ、信濃川の岸を飛ばしていた。車輪がバウンドするたび、彼女の腕が私の腹部に食い込んだ。テーブルも椅子もない下宿の四畳半に並んで座って、マーラーの『巨人』を聴いた。畳の上には、ポテトチップスひと袋、ホームサイズのコーラ1本にグラスがふたつ。それにミニスカートから横に流れていた二本の素足。会話も交わさず聴いていた。密室のなかで、手を握り合うこともなく、同じ時間の流れに身を任せていた。萌える春の空の下、同じ時代の同じ空間と時間を共有していた。それだけのことだった。それだけのことではあるが、それ以外に至福があるとすれば、それは何だろう？

後年、こんな詩の断片を書いた――

春の風を受け
渚に佇んでいる少年と少女が
水平線に落ちゆく太陽を見ていた。
遠い沖の波はこまやかに眩く反射し、
寄せるにつれ姿を現すその物象は
波打ち際で轟き砕けると
また沖へと引き返していった。

（『表象』74号　2015.11.3）

異界のきらめき

――アメリカ紀行

生まれて初めて異国の空にいる。雲の上は何もない、ブルー一色の宇宙空間。ホノルル（Honolulu）の朝焼けを窓から覗く。遠くの雲と上空の境に虹がかかっていて、オレンジ色に輝いている。ハワイで飛行機を乗り換え、サンフランシスコに到着する。バスの窓から立ち並ぶ数々の夜の街を眺める。バスはカルフォルニア大学バークレー校のアパートメント寮に向かう。ビルの窓明かり、ネオン、街灯。異空間のきらめきがそこにあった。

寮では三人の男に一室があてがわれる。たがいに見知らぬ他人同士は、少しの言動にも神経をとがらせて注意深い。喋っている言葉より沈黙が何かを語っている。それが何であるかはわからない。二人ではなく三人という人数も意味深い。ハロルド・ピンターの劇中に舞いこんだかのように錯覚する。

しかしやはり、日が経つにつれて馴れ合う。そして、失態を演じる。バスを日本式に使って、リビングルームに続く廊下を水浸しにしてしまう。水は硬水というのか、どんよりと重く泡がでない。予期せぬ生活が待ちかまえていた。

顔が蒼白になった記憶が、生涯に一度ある。大学4年次の秋、しばらくぶりで出た午後のゼミでのこと。同級の者たちが就職の話題で賑わっていた。自分はといえば、2年次の正月にプロのバンドにトラで頼まれて以来、バンドマンの生活を送っており、就職のことなど念頭になかった。文筆家かミュージシャンという夢は、不透明な光におおわれていた。自分ひとりが取り残されていた。

１９７０年代当時、ナイトクラブやキャバレーは全盛期にあり、バンドを抱えていた。バンドは歌い手やヌードダンサーなどのバック演奏をやり、合間に客とホステスのダンスのために、ルンバやジルバ、ワルツなどの曲を演奏するのだった。少しでもジャズができるハコを求めて、バンドマンは半年か3カ月ほどで移り渡った。ジャズ喫茶でライブができることもあった。マンネリを打開しようとみな必死に頑張っていた。しかし、人生の行方は遠い彼方にあった。だれもがその日暮らしのバンドマンであった。

専攻科に進学しようと考えたのは、将来を考えることの延期であった。テナーサックスを吹く生活を続けながら、しかし2年間の専攻科の学生生活はあっというまに終了した。新潟市のハコを去り、弘前市のスナックに2カ月半の遠征に出かけ、カルテットでのバンドの仕事に就いた。とはいえ、専攻科も修了したことであり、己れの枠を自由に広げうる機会は熟していた。ミュージシャンの仕事をひとたび中断し、こうして1カ月の英語研修が始まっていた。1976年秋、25歳の誕生日を終えたばかりのころである。

研修授業の休日、サン・ホセ（San José）にフリーマーケットがあると聞いて出かけて行った。ほかに計画もなかったから、同室の彼とふたりでぶらりと出かけたのだった。バークレーを出発し、オークランドでグレイハウンドバスに乗り換え、1時間。午後3時に着く。

スペイン語で聖ヨセフを意味するサン・ホセは、コスタリカの首都など世界各地にその名がついた都市や町がある。アメリカ合衆国カルフォルニア州のサン・ホセは、1777年にスペイン軍の軍事補給基地として集落が創設され、1864年のサンフランシスコ鉄道開通後、果樹・野菜の集散地として発展し、20世紀に入り、サンフランシスコ都市圏の拡大により人口が急増。半導体・コンピュータ関連の産業が集積するシリコンバレーの中心都市となり、人口は1970年代に45万人を突破してさらなる勢いをみせていた。

サン・ホセに着いた。だが、フリーマーケットはどこにあるのか？　見当もつかない。バスドライバーに尋ねる。市内バスで30分と言う。どこから出ているのかわからない。数人の通行人に訊く。よくわからない。面倒になり、歩くことにする。歩きながら尋ねる。歩いて30分と言う人がいる。1時間と言う人もいる。それほどまでして行きたかったのか、という思いがよぎる。同室の彼も半分後悔しているような顔つきである。しかしむろん、引き返すわけにはいかない。

やっと辿り着く。すでに午後5時半である。ノミ市を出て来る同じクラスの女性二人を見かけた。まったくの偶然である。追いかけた。どうやって来たのか訊く。バスターミナルで亘の老夫婦に拾われ、サン・ホセの市内見学をしながら、連れてきてもらったとのこと。優雅なものである。しかし、帰り方がわからないと言う。それで、一緒に行動することにした。

フリーマーケットでは、半分ほどがすでに店じまいをし始めていた。その名のとおりガラクタばかりが眼に入る。彼は何も買わなかった。私は10ドルでラングラーのジーパンを買った。彼女らはそれぞれ10ドルのタイプライターと5ドルのタイメックスの時計を買っていた。すぐに帰宅の途につかねばならない。グレイハウンドのバスステーションまでの道を通行人に訊く。教えてもらったバスストップに辿り着き、そこで待っていた。バスはなかなか来なかった。そのうち、通りかかった男の子が、午後6時以降に市内バスは通らないと教えてくれた。

それからまた歩き始めた。タクシーは一台も通らなかった。バスステーションのサンフランシスコ行き最終は9時頃と女性のひとりが聞いていた。それまで間に合うよう、向かう目的地もわからずに四人で歩いた。夕暮れが濃くなり、車のヘッドライトだけが路上を飛び交っていた。あれほどの車の量に比べ、通行人はほとんど見かけなかった。ヒッチハイクのように、車を止めようとした。しかし、止まる車は一台もなかった。寒くなってきていた。道端で夜を明かしてもいいぐらいの気持になっていた。

——そんなことがあった。それからどうしたのであったか？　不思議なことに、その後の経過は記憶から抜けている。徒爾に思える遠出であった。が、休日を台なしにしたと思う気持はなかった。どこへ行っても同じようなものだと思った。同じ日、レンタカーを借りてヨセミテに出かけた連中はどうしているだろう、と歩きながら考えていた。サン・ホセの夕暮れのなかで。

バークレー（Berkeley）の空は、来る日も来る日も同じ空だった。あまりに続く青空の繰り返しが呪わしく感じることさえあった。日毎に異なる祖国郷里の天候はつねに新たな日を拓いていたことを思い起こしていた。

足元に小銭の受け皿を用意して、路上で独り楽器を演奏している若者たちによく出会った。ほとんどが学生のようであった。サックスやヴァイオリンが多い。譜面を用意するでもなく、また暗譜しているようでもなく、練習がてら即興で演奏しているという様子である。したがって、心に沁みる演奏など期待できるはずもなく、物珍しいだけであった。しかし、帰国したら同じことをやってみようか、と考えていた。

カルフォルニア大学バークレー校のキャンパスでは、昼休みに学生たちがバンドを組んでよく演奏していた。期待したジャズの演奏に巡り遭うことはなく、ロックやブルースなどの8ビート系の演奏が多かった。女性だけのバンドもあり、それぞれにフレッシュな熱気が感じられた。

キャンパスにセットされた簡易のステージのそばを、素知らぬ振りで学生たちが通り過ぎる。いつもなんとなく演奏が始まる。大学の敷地を区切る塀の向こう側の道路では、車から降りて眺めている老人もいる。

熱を帯びる演奏があると、ステージのまわりに人が群がってくる。屋外にしてはボリュームは十分であり、音響装置も揃っている。不思議に思っていたが、いつもつねに踊り出す人間がいる。作為的なところがどこにもないところが、妙に興味深い。単にそうなっているという状況のなかで、舞踏らしきものが沸き起こっている。

その日もまた、ひとりの黒人が身体をくねらせていた。ステージのセットができあがらないうちからである。はじめ、その男が何をしているか理解することができなかった。裸足で身につけているものはと言えば、貝で創られたネックレスと、赤・黄・緑で織りなされたジーパンだけである。肉体のバランスがよく、胸の筋肉が汗で輝いている。髪はおさげのように数本に結われており、ときどき顔の前で揺れている。人目を気にしているところがまったくない。通りすぎる者たちもまた、無関心を装ってか、ただ通り過ぎるだけである。

機材のセッティングが済み、演奏が始まると、黒人はリズムに乗れた。考えられた身振りがあるわけではないらしい。無限に舞いの形が現れ出てくる。反復の型があるわけでもない。そんなダンスが見ていて飽きない。あるときは両手をあげ、その先の中空を注視するかのように静止し、あるときは片足だけの舞いに固執し、あるときは頭の動きを中心に、といった具合である。

男の動作は、その一瞬前においてでさえ、ある意識、あるいはある意志によるものか？　ということが私の関心を惹いた。音楽がスローになったり、クイックになったりするごとに、踊りの調子が変化してゆく。

やや突然、腰をおろしていた観衆のなかから、ひとりの女が、踊り始めた。最初は離れたところで舞っていたが、やがて黒人のほうへ近づいてゆく。白く小さな身体が黒人の身体と対照をなしている。そうするうちに、踊り始める観衆が増えている。見渡せば、ステージの後方で踊っている女がいる。体操着のような身軽な着衣で、モダンバレーのようにも見受けられ、単に跳ね回っているとも見て取れる。その舞いのなかを、本を片手に通りすぎる学生がいる。だれもが踊っている者たちに無関心であるように思われる。

ひとりの男がカバンを枕にして仰向けに寝そべっている。ステージの正面なので、ひときわ目立つ。ときどき足をあげたり、腰を抱え上げたりしている。立ち上がる。汚れた上着のホコリを払っている。また寝転がる。文字通り「大」文字の体勢になる。やがて、男は頭をカバンにつけ、倒立をし始めた。首の付け根から真っ直ぐ足が上に伸びている。その体勢の時間が途方もなく長い。上半身は日焼けを知らないような白さだ。

そこで起こっていることの理由を解き明かそうと、私は無意識にずっと考えていた。そして、ここに現れているのは、陽の下のもとで、まったく明らかであると思えた。まずここにあるのは、無為と自然と無干渉である。そして、ここに集い、群がり、通り過ぎる、人々の心の無意識を象っているのは、無干渉主義と個人主義である、と。

その日の演奏がとりわけ乗っていたと思うのは、気のせいだろうか。午後から始まるクラスをサボろうと思っていた。ペアで踊っていた小柄な女はいつのまにか消えていたが、黒い男はなおも踊りつづけていた。胸の筋肉から汗がしたたり落ちている。そのうち、男が地面を転がり始めた。そのとき、これだ！　と思った。

何だったのか？　横転するように背中から地面に身体をつけ、片足のほうから起き上がる。ところどころセメントの地面に裸の汗をなぐりつけている。それは身軽になっているとも、痛みを感じているとも、思えない。そのときおそらく、立っているだけでは踊れないと思ったのだ。長い徒労とも思える動きの果てに、ついに地面を転がり始めたのだった。

これらの記憶はなぜか、色褪せない。時の経過を免れているような気がする。しかし、あれから40年の歳月が流れた。流れる雲を見遣りながら、すべての者たちの背に降り注がれた時間を空想する。さらに40年の時間が積み重なることがこれから先はないだろうと思いながら。

（『表象』72号 2015.7.1）

死なぬ不幸

誕生し、生きて、死ぬ。その一事に関わる相反する語義が英語にある —— mortality（死すべき運命）と immortality（不滅）。

個としての人間はモータル mortal な存在（死すべき存在）であり、誰もがいずれ死ぬ。一方、種としての人間は個から個への生命のリレーが行われ、生命をつないでいる。しかしながら、種にもいずれ終焉が訪れるのだろう。しかし今、それは問わない。

人間はなぜ死なねばならないのか？　そのことに関わって「八百比丘尼」という伝説がある。全国に分布しており、地方ごとに細かな部分は異なるが、おおよそ次のように要約することができる。

若狭国の漁村の庄屋の家で、浜で拾ったという人魚の肉が振舞われた。村人たちは人魚の肉を食べれば永遠の命と若さが手に入ることを知っていたが、不気味なためこっそり話し合い、食べた振りをして懐に入れ、帰り道に捨てていた。しかし、一人だけ話を聞いていなかった者がおり、それが八百比丘尼の父だった。ある日、父が隠しておいた人魚の肉を、娘が盗み食いしてしまう。そして娘は、十代の美しさを保ったまま何百年も生きることになる。とはいえ、結婚しても夫に先立たれ、身内の者はみな年老いて死んでしまう。やがて村の人々に疎まれて尼となり、国中を廻って貧しい人々を助けたが、最後には世を儚んで岩窟に消えた。

イモータル immortal な人間（死なぬ存在）はどのような運命を辿るのかについて、「八百比丘尼」の伝説は、ひとつの答えを提示している。

一説によれば、比丘尼となった少女は八百年後、めぐり巡って生まれ故郷の若狭に辿り着く。そして、八百年前と変わらぬ自らの故郷の景色に涙を流す。自分はこの景色の一部となろうと決心し、死を求めることをやめ、若狭の大地に身を横たえる。気がつくと、八百年を経た体は風に飛ぶ砂と化し、魂は愛する若狭の土地に広がっていった。

「八百比丘尼」の伝説が示すひとつは、永遠に生きねばならぬことはある種の刑罰であるということである。むしろ、いつか死ぬことこそが幸いである。しかし、やがて来る死が幸いであるならば、いまある生は不幸ということになりはしまいか？　そこで問いは、振り出しへと戻る――ひとはなぜ死なねばならないのか？

人間は生きゆく存在である。したがって、死ぬことは幸福なことではない。死なない。しかし、これはもっと幸福ではない。つまり、死ぬことも死なないことも、幸福ではない。何ということであろうか。

生死の問題は、誕生の問題を考察に入れなければならない。ひとは誕生する存在である。とすれば、誕生とは幸福なことであるのか否か？

誕生とは自らが望んだものではない以上、いまここにある人生とは、なくともよかった人生である。己が身の上に振りかかっている運命もまた、もとよりなかったものだ。

　存在の出現とはひとつの不思議である。それは消え去ることをゴールとしている。言わば、死ぬことを前提として生命体が誕生している。したがって、生きる存在としての人間は、死をゴールと定めて生きている。

　もし人が死なない存在であるならば、誕生してくる人間でこの空間はあふれてしまうだろう。また、滅びない種とは澱んだ川のようなものであろう。川の流れが美しいのは、川の水がつねに立ち去って流れているからだ。

　幸福は、それを求める心のうちにはない。自らが自覚しえず、無心で存在するありようにこそ、幸福は潜んでいるのではないか。花ならば今咲いているそのありようそのもののうちに。つまり、意識を転回しなければいけないのではないか。死はゴールであり、その志向性こそが人間を生かす。死ぬことは幸福なことであると。

　風に飛ぶ砂と同じように、風に舞う花びらは、美しい。一方、かりに存在するとして、イモータル immortal な桜の花は、愛《め》で得るとは思えない。

　春爛漫、桜の花が風に舞い、囁いているように思われる——咲いて散ったことは、幸福か不幸かはわからない。しかし、咲き出でたことそれ自体、想像だにしなかったひとつの奇跡である、と。


（未発表）

一文の智恵

高校の英語の授業で扱っている大学受験用リーディング教材に興味深い英文の物語があった。出典は不明である。自分で要約翻訳すると——

かつて、怠け者の王がいた。たくさんのものを欲しがったが、すでにすべては手中にあり、さて今度は何を手に入れるべきかと臣下に尋ねると、「智恵」という答えが返ってきた。智恵はどこにあるかと尋ねると、「本のなかに」という答えが返ってきたので、国中の本を買い集めさせた。ところが怠け者の王は、自分で読む気はなく、代わりに読んで智恵を書き留めよと臣下に命ずる。二十年後、臣下たちは智恵を五冊の本に収めた。しかし、王は「多すぎる」と言った。さらに何年もあと、臣下たちは一冊の本を彼のもとへ携えて来て、言った——「すべての智恵はこのなかにあります」。それでも王は「読むつもりはない」と突き放し、「すべての智恵を一文に収めよ」と命じた。数年後、臣下たちはついに一つの文を書いて、それを王に手渡した——

智恵とは何か？　たとえば、『広辞苑第五版』には次のように記されている——〈物事の理を悟り、適切に処理する能力。仏教では「智慧」と書き、菩薩が修する六種の基本的な修行項目、すなわち六波羅蜜「布施・持戒・忍辱・精進・禅定・智慧」の第六にあたり、真理を明らかにし悟りを開く宗教的叡知のこと。ギリシャ語ではsophiaといい、その派生語philosophyは愛智すなわち哲学の意。一般に人生の指針となるような、人格と深く結びついている哲学的知識〉。

しかし、王が手にした英文は、そのような智恵の定義とはまるで異なるものであった。その一文に収められた智恵の内実とは——

We are born, we live, and then we die.

（我々は生まれ、生き、そして死ぬ）

真実のきらめきを前に王が絶句したかどうかは書かれてはいない。いや、この一文を提示されたあとの王の反応は何も記されていない。あるいは、ありとあらゆるこの世の物を手に入れた王が、死ぬことによってそれらを手放さねばならぬことになる不如意を味わったのだったか。

王だけではあるまい。「生まれ、生き、死ぬ」という三つの相に収斂された人間存在の内実を示されることで、ひとはみなそれぞれにある種の覚悟と感慨を抱くのではないか。

生まれ、生き、死ぬ。しかし、これ自体は智恵ではなく、人間存在の摂理である。智恵とは、その摂理を認識し、諸事に対し適切に振舞いうる叡智のことではなかったか。とはいえ、その絶対的真理を前にして、疑問を抱かずにはいられない。そうであるならば、ひとは、なぜ、生まれ、生き、死ぬのか？

しばし考えた……。答えの代わりに、いや答えのように、風が起こった。それは、そばを過ぎ、そして消えていった……。六月の風もまた、智恵を伝えているではないか。

（『山形詩人』76号　2012.2.20）

花／生という幻想

吉野弘はエッセイ「私が詩を書きたくなるとき」（『詩の楽しみ』岩波書店 1982.9.20）のなかで、詩を書きたくなるのは〝何かに気付いたとき〟だと述べている。〈何か〉とはそれまでの見方や感じ方に〝揺れ〟ないし〝ずれ〟が生じたために見えた物事の新たな面であり、つまり〝固定観念のズレ現象〟が見えたときに詩が生まれるのだという。

【母と舟】という項では、文字の形が注視されている。まず、三好達治の詩句〈——海よ、僕らの使ふ文字では、お前の中に母がゐる。そして母よ、仏蘭西人の言葉では、あなたの中に海がある〉を引き、日本語では海の中に母があり、フランス語では母（mére: メール）の中に海（mer: メール）があるという対照に言及している。しかし、現在の「海」に「母」はいないという。戦後の字体改訂で「海」の中の「母」が別字に変えられているからである。

分析はこれにとどまらない。漢字の造りを追求しているうちに、今ある世界の事象を分析するに至る。それはひとつの社会批評に高まっている——〈母という字は女という字の中に二つの点を加えた象形文字で、二つの点は乳房を意味しますが、現在の「海」の中の「母」に当たる部分は、二つの点が一本の線に変り「毋」になっています。「毋」はブもしくはムと読み、「何々するなかれ」という意味です。今では海が汚染して、その中に母が住めない状態だということかもしれません〉。したがって、吉野弘は母を海とは結びつけることをしない。母と結びつけるのは海に浮かぶ舟である。舟の中の二つの点のうち下の部分は長めの線なので、母の中の二つの点とは異なることにも言及する。そしてそうであれ、舟の中に〈風を孕んだ白帆の形に乳房の形を想像した〉という。

母は
舟の一族だろうか。

こころもち傾いているのは
どんな荷物を
積みすぎているせいか。

母は舟の一族という暗喩が度肝を抜く。なにゆえ母は舟と同じ血統の者であるのか？

舟とは、木材や鉄などで造られ、人や物をのせて水上を渡航するもの。母とはおんな親、子のある女のこと。すると、子には知られずとも、母は子を載せて遥かな距離を航行してきたのだ。舟はまた、水・酒などを入れる箱形の器のこと。子を孕み、子を産んだあとは乳を体内に生成させる器でもあった。舟が傾いて航行しているのは、荷物を積んだせい。その重さは人生の荷物という比喩であり、荷物は子どもを養うためのものであろう。子どもはそれにもむろん気づかない。舟は陸地に戻るだろうか。傾きながらやがて荷物の重みで沈んでしまうのではないか。戻ろうとも、やがて人生を終える母であろう。文字の形から敷衍された観念は簡潔な表現で哲理を伝えている。

【花と苑と死】の項でも、文字が新たに見直されている。三文字が〈どことなく似ている〉という直感が詩の生成への第一歩である。

苑
花　死
花　苑　死
死　死　死　死
花　花　苑　死　死
花　花　死　死
花　苑　死
花　死
苑

苑とは、〈多くの植物や動物たちの死を成分にしている〉庭。すると、苑は花と死に結びつく。そればかりではない。〈花が死を越えてゆく〉という。〈死が開花を促す〉からだ。『広辞苑』という辞書もまた苑に似て、その中に無数の言葉の死を詰めているという。つまり、言葉は使われて初めて血が通い、苑に花が咲く。ダイヤ形に収められたこの視覚詩（visual poem）は、花と苑と死の融合体である。菱形が庭の形象であり、そのなかに咲く花は死から結実したものである。

ジャズピアニストのキース・ジャレットの名盤に *Death and the Flower*（1974）がある。「死と花」というタイトルであるが、「生と死の幻想」という邦題が付けられている。録音の2カ月後にキースが書いた詩篇 *Death and the Flower* がジャケットに掲載されている。〈We live between birth and death, わたしたちは誕生と死のあいだに生きている〉と開始され、全6連のうちの第3連は次の通りである。

So think of Death as a friend and advisor
Who allows us to be born
And to bloom more radiantly
Because of our limits
On Earth

だから死を
誕生させ輝かしく花開かせる
友であり助言者だと考えよ
わたしたちは地上では有限なのだから　（訳：筆者）

この詩篇のキーフレーズは〈The illusion of life〉であり、生という幻想（illusion）が幻滅（disillusion）に陥ることなかれというメッセージが込められている。

吉野弘もキース・ジャレットもひとつの同じことに言及している。つまり、生は死ゆえにあるのだ、と。そして、個としての生には限りがあり、それは死にリレーされて次の個へと結実すると。母は次の母へとリレーする。花もまた。花（flower）という名辞で示されるのは、人生における華やかな花としての結実の生である。花が死を越えてゆく。そのサイクルのなかに私たちは投げ込まれている。しかしながら、生のただなかにおける自らの意志による企投こそは、自らの存在を花開かせる営為である。

（『表象』65号 2014.12.31）

パリ同時多発テロ

「世界がぜんたい幸福にならないうちは個人の幸福はありえない」と宮沢賢治が告げたように、いまここにある幸福とは幻想である。いつどこで殺戮が待っているかもわからぬからだ。11月13日、パリで戦後最悪となる同時多発テロ事件が起きた。劇場や競技場が不意に襲われ、死者129人、負傷者約250人。イスラム国からのビデオ声明があり、フランスのシリアへの軍事介入への報復だという。次はアメリカの首都ワシントンを攻撃するとの脅しもあり、無気味さはもはや異常である。

吉野弘に「乗換駅のホームで」という詩がある。乗換駅のホームで電車を待っていると、ホームの端にあるトイレに、妹と姉とお母さんが、その順で入ってゆく。背丈が織りなす遠近法が美しい。帰りはどういう順序なのか？　組み合わせが6通りある。しばらくすると三人は出てくる。しかし、どの組み合わせでもない。三人はおしゃべりしながらゆっくりと横並びに出て来たのだ。〈俺は嘆息したな〉と詩人は述懐する。〈俺にはとても殺し屋はつとまらない〉と。

声高に行動したり徒党を組んだりすることも反戦の意思表示である。しかし、ありふれた日常の情景を穏やかに守ることが反戦でもあることをこの詩篇は教えてくれる。すなわち、なぜ殺し屋がつとまらないのか？　平和な状況を破壊する意志を持つことができないからである。愚挙を訴えて戦い返すことは外発的な行動であるが、これは内発的な心の情動である。つまり、人殺しをやめさせる要因を自らが内省のうちに見出すのだ。

大国が小国に勝利する戦争の形態はもはや終わっている。大国は今や見えない敵に攻撃される時代に入っている。ここには勝利も敗北もない。憎しみが増幅され、報復が重ねられ、殺し合いの連鎖があるだけである。なしうることは何か？　武力による戦いを強行するのか、それとも武器を捨てるのか。つまり、どの電車に乗り換えたらいいのか？　その解答を吉野弘の詩篇があざやかに示している。殺し屋にそのアイデンティティーを棄てさせてしまうほどの情景があった。それはどこにでもある日常の情景であったのだ。

（「山形新聞」2015.11.21）

マザー・テレサの願い

20世紀は戦争の世紀であったが、21世紀はテロリズムに脅える世紀となった。アルカーイダによる、アメリカ同時多発テロ（2001.9.11）、スペイン列車爆破（2004.3.11）、ロンドン同時爆破（2005.7.7）。インディアン・ムジャヒディーンによる、プネー爆破テロ（2012.8.1）、ブッダガヤ爆弾テロ（2013.7.7）。イスラム国（ＩＳ）による、パリ同時多発テロ（2015.11.13）、ブリュッセル連続テロ（2016.3.22）、イスタンブール空港攻撃（2016.6.28）などのほか、小規模の自爆テロに至るまで、恐怖が消える兆しは見えない。

イラク戦争以来、テロを封じ込めるために、これまで多大な軍事力が投入されてきた。パリ同時多発テロに対しても規模は拡大し、フランス、ロシア、アメリカにつづき、ドイツと英国もイスラム国（ＩＳ）への攻撃に加わった。しかし、完全なるテロ撲滅への道程は見えてはこない。テロリストは目に見えず、事件が起きてから犯行声明が出されるのが、ほとんどのケースである。そして、テロリストは一定の場所に定住しているのではなく、各国のいたる所に拡散している。ところかまわず社会に幻滅している若者を、ＩＳは次々に取り込んでいるからだ。拠点が襲われれば別の場所へ移り、組織が霧散すれば新たな組織が結成される恐れもある。

この世には二種類の貧困があると、マザー・テレサが１９７９年のノーベル平和賞受賞スピーチで語っている。物質的貧困と精神的貧困である。前者への対応は、後者に比べれば容易である。つまり、飢えた者にはパンを与えれば、飢えは解消する。しかしながら、後者すなわち精神的に病んだ者の貧困は取り除くことが難しい。そしてとりわけ、西洋諸国の貧困は解消するには難しい、と。

医学の発達により寿命は延び、生産手段の発達によって生活水準が上がり、人権尊重と機会均等などの原則によって人々の暮らしは格段に向上したと言われる。しかし一方では、人種差別、不平等、貧困が増し、敵意がはびこり、精神的な飢餓が蔓延している。そして、いまここにある自己の幸福とは幻想である。マザー・テレサの眼は「世界がぜんたい幸福にならないうちは個人の幸福はありえない」と告げた宮沢賢治の視座とともにあるはずだ。顔に皺を浮かべわずか二枚のサリーをまとったマザー・テレサが、いまことさらに美しい。近代文明社会の逆説を放射しているからである。

いつどこにおいても起きうるテロは、現代社会に巣くった癌である。大都市、小都市、いや小さな地域でさえ、対策が講じられている。テロ対策費は世界中で、莫大な金額にのぼるはずだ。テロリストを撲滅しようとの掛け声が、かまびすしい。そうだろうか？　マザー・テレサが今の世にあれば、こう言うのではないだろうか――「ほほ笑みをもってひとに接しよう」。

現代は日常においてさえ互いにほほ笑みあうことが難しい社会になった。しかしながら、いついかなる状況にあっても、微笑こそが他者を愛する第一歩ではなかったか。パリ同時多発テロで最愛の妻を亡くしたアントワーヌ・レリスというフランス人のジャーナリストの2週間の日記が、日本では『ぼくは君たちを憎まないことにした』（土居佳代子訳）として刊行された（ポプラ社2016.6.20）。そのなかで彼はこう述べている――〈犯罪がおぞましいものであればあるほど、罪人は完璧な悪人となり、憎しみはより正当なものになる。人は自分自身から考えをそらすために、犯人のことを考え、自分の人生を嫌悪しないため、犯人を憎む。犯人の死だけを喜んで、残された人々に微笑みかけることを忘れる〉。マザー・テレサの考えに通底するこの洞察力と精神力の強さに、どれほどの賛辞を贈ったらいいのか。

世界は歩んでいる方向を間違えている。貧しい国々の多くの貧困にもまして、富んだ国の貧困がいっそう貧しい。互いにほほ笑みあう社会を実現するにはどうすればいいのか？　配慮・関心をもって他者を迎えうる社会を創りあげること。それ以外、他に何があろうか。

（『南翔』第23号 2016.10.15）

夕涼み台

夏になると、わが家の前の道路に夕涼み台を置くのが習わしであった。物心ついたころにはあったので、長年にわたる習わしだったのであろう。小学校の高学年にもなると手伝わされて、夕方になると設置するのが務めであった。三角形の2個の脚を左右に置き、平均台のような細長い四角柱をその上にセットした。あのような台は一般に普及していたものではなく、特別に大工に作ってもらったものであるように推測する。縁台としては現在、アルミなどで造られたものが売りに出されているが、むろん道路に設置する家はない。

道路が舗装されていないころのことである。朝には家の前を荷車を引く牛や馬が通っていて、牛や馬の糞がよく見かけられた。糞には銀蝿が留まっていたりしていたものだ。家に網戸などはなく、蠅や蚊が家のなかを飛び交っていた。蠅取りのねっとりした黄土色の粘着紙に蠅が何匹ももがいていた。寝る部屋には蚊帳を吊っており、そのなかで眠った。

現代は便利になった。しかし、便利がイコール幸福ではない。そして、不便がイコール不幸でもないはずだ。季節感を感知しながら自然との触れ合いを享受できていたのは、暮らしにゆとりがあったせいであろう。近所の人々の顔が思い浮かぶ。祖母を含め、おばちゃんたちが多かった。不思議なことではないだろうか、いまなお記憶のなかで人々が生きているとは。

かつて地域における共同体が維持されていて、活気があった。それぞれがそれぞれの住民の顔を知っており、商店でお客はむろん名前で知られ、何気ないおしゃべりがあった。また、大人はその地域における子どもの顔と名前をすべて知っており、子どもは少なからず地域による教育の恩恵に与っていたはずだ。

お菓子屋、豆腐屋、天ぷら屋、八百屋、魚屋、中華そば屋、下駄屋、貸本屋。店ばかりではない。水飴を売りながらやってきた紙芝居、馬で金峯山の麓の雪氷を売りにきた荷車。驚くべきことに、わが家から半径わずか50メートル内にあったそれら商店や風物はすべてすでにない。

ひるがえって現在、郊外のショッピングセンターに社交の会話などはなく、バーチャルなイルミネーションの人工空間に憩うウインドウ・ショッピングの形態があるばかりで、客は金儲け対象のコンピューター内単位消費者となった。

かつて時間はゆるやかに流れていた。隣近所の大人たちが団扇を扇ぎながら涼を取り、子どもたちが線香花火を楽しんだ涼み台。次の拙詩を長いあいだ私は、胸の奥に温めていたように思う。

夕涼み台

三角形の脚を左右に置き
平均台のような細長い四角柱を載せる
今やどこにも見かけない

わが家特有の夕涼み台
うす暗くなり始める夏の夕方
家の前の道路にセットし
月の出ている空を仰いだ
西の空の高みでは
薄い青空が残っていて
視線をやるたびに翳っていった

止り木にとまるように腰をおろしたのは
祖母とその孫たちと近所のおばちゃんたち
語らいの中味は記憶の外にあるが
語らっていたこと自体は記憶の内にある

虫かごを置き　捕まえてきた
蟬やカブト虫にも夕涼みさせた
どこからともなく風が吹いてくるので
団扇で覆いながらマッチで火をつけ
線香花火を灯して競いあった

エアコンはおろか冷蔵庫さえなかった
暑かった夏　いや
涼しかった夏
どこへ行ったんだろう？

この胸のうちには
いまもあるのだが

（未発表）

あなたに会いたくて

――宗左近編『あなたにあいたくて生まれてきた詩』

誕生―生―死。これが文学における究極の主題と思われる。誕生とは、存在が現れ出ること。しかし、ここに問題が発生するのは、主体的で能動的とも思われる生まれるという現象が、実は受動的な現象であるということである。「I was born」という吉野弘の詩作品は、今なお誕生と死の問題を提起しつづけているが、そのタイトルの意は「私は産まされた」である。すなわち人間存在は、産み出されるものであり、受動的な現れである。そして、客体として産み出された存在に主体的な要因、すなわち自らが自らの意志を持ちながら生きゆくという存在要因がのちに付与されること、問題とはこのことである。すると、受動的現象をいかに能動的な現象へと変えうるかという転換への企図が、つねに問題となってくる。しかしながら、それもまた何ゆえにであったのか？

つくる（作る・造る・創る）とは、別の新しいものを生み出すことである。子を産むこともまた、つくることのひとつであるが、産むという行為が物を創るという行為と決定的に異なるのは、産むことによって産まされた客体にそれ自体の生命が宿ることである。自己の生命の分身としての生命と言ってもいいが、それならばどの時点で産み出される生命は意志的存在となってゆくのか？

誕生とは、産声をあげたその瞬間というよりは、卵子が精子と受精した瞬間であると捉えることが適切であるように思われる。生命体が生きるということで前進するとき、受精する時点においてすでに受精卵には生命体へ発露しようとする意志が発現しているはずである。発育・成長へと向かわない受精といった現象を想定することはできない。そうとすれば、生きるという意志的営為は、生命体の本質的な行為である。しかしながら、そのような本能的な意志によってのみひとは生きるのであろうか。そうではないことを、私たちは日常の多くの場面で意志的に行動するという経験を通して知っている。

受精卵の発育から赤児の生育の過程は、生命体の本能的な意志によるのかもしれない。しかし、ひとは主体的な個としての意志を持つ存在へと生まれ変わる。それはいつの時点であるのか？　難問ばかりが脳裏をめぐったのちに、問いは振り出しに戻る。ひとはどうして生まれてくるのだろうか？

吉野弘に「妻に」という詩がある。それは次のように起こされる。

生まれることも
死ぬことも
人間への何かの遠い復讐かも知れない
と嵯峨さんはしたためた

誕生と死のあいだを私たちは生きている。たしかに、意志的に生まれ出た覚えがない身にとって、日々の労苦や積年の苦難は耐え難い余剰のものである。するとそれは、義務にも似た労苦のようには思えないか。誕生と死が人間への遠い復讐であるとする詩人・嵯峨信之の認識をふまえ、それを超えるように吉野弘は自らの洞察を展開する。

私は、しかし
妻に重さがあると知って驚いた若い日の
甘美な困惑の中を今もさ迷う

多分、と私は思う
遠い復讐とは別の起源をもつ
遠い餞けがあったのだと、そして

鮮やかな転回視座がここにある。誕生も死も、人間への遠い餞けであったのだと。しかしながら、そう言いうる決定的な根拠を吉野弘は提示しえないでいる。この詩の最終連に示されているように、〈女の身体に託され、男の心に重さを加える／不可思議な慈しみのようなものを／眠っている妻の傍でもて余したりする〉だけであるからだ。

詩人ならずとも、哲学者や多くの芸術家が誕生と生と死の問題に取り組んできた。いや、ごく普通の者でさえ、つねに心に秘めて生きている。たとえば、3歳の男の子が作った次のような詩がある。

ママ

田中大輔（三歳）

あのねママ
ボクどうして生まれてきたのかしってる?
ボクね　ママにあいたくて
うまれてきたんだよ

驚くべきことに、ひとはどうして生まれるのかという設問に、3歳のこどもがまったくあっさりと解答している。この作品には「産まされた」という意識はない。この世に出現したことにはすでに目的があって、それは自分を産むひとへの出会いである。つまり、意志的に誕生している！　そして驚くべきは、この意志は誕生したのちに生きる過程そのもの、つまり人生そのものを彩ることになるのではないかということである。

誕生の訳を問い質そうとしてひとは、思考という迷路に入り込む。しかしながら、直観的な感性こそがなぜ生まれたのかの問いに答えるにふさわしい。感性とはひとが感じることによってそのひとであることの根本であり、感得することこそが本質的な自己を形成する。感じて会得すること自体が、生きるということであるからだ。知覚することはまさにそうであることを認識することである。

人生とは出会いである。そして、出会いにはふたつある。他者との出会いと、自己との出会い。そして、他者との出会いにもまた、ふたつある。そのひととの出会いと、そのひとの作品との出会い。後者の出会いこそ、多くの機会に恵まれうる出会いである。作品にまで高まった創造的な自己の分身に、そのひと自身に会わずとも出会えるからだ。芸術鑑賞はすべて、そのような出会いの至福のうちにある。

わずか3歳の子の「ママ」という詩篇が感動をもたらすのは、誕生と生きることの摂理に触れながら、出会いの奇跡を詠っているからである。出会いたいと思う対象は生をもたらしたひとである。なぜかは知らぬ人間という種の生命連鎖にあたたかい思いを寄せうるのは、生まれる当の本人だったのだ。

こどもたちが差し出す解答の数々には、大人が脱帽せねばならぬものが多い。思い返せば、吉野弘には次のような詩篇があった。

味

口《くち》、未《いま》だし
嘴黄色いその頃に
巧まず、味なことを言うのではあるまいか
子供の詩や作文を読むたびに、いつも思うこと

味という漢字は口偏に未と表記され、口が未完成のときに味なことを言う、という発見に拠っている。生と死の問題を熟慮しているうちに、生まれてまもない３歳の子に、一本取られた形である。すると、哲学とは３歳の人間によってさえなされうる芸である。

「ママ」という詩は、宗左近によって編まれた『あなたにあいたくて生まれてきた詩』（新潮社 2000.11.30）に収録されている。タイトルがすでに実存の摂理をやさしく解いている。詩が生まれる。それは、あなたにあいたくて――。収録されている詩篇はすべて出会いの奇跡を導いている。同じように、ひともまた、だれかにあいたくて、生まれてきた。ひとはだれかと会わずには生まれなかった存在であることを、それぞれの詩篇が伝えてやまない。こころあたたまる思いと出会いの予感のうちに、生きる意味が現出する。そして、こどもたちの感性が、哲学に触れ、真理を説いている。

あさがおさん

藤根優子（小学一年生）

あさがおさん
おげんきにいますか
はい
いますよ

朝顔に話しかける。すると、朝顔が答える。——晴れた夏の日の朝の「あさがおさん、お元気ですか」「はい、元気ですよ」という会話だと考えても、これはそれで一篇の心温まる詩篇である。しかしこれは、そのようなありふれた会話ではない。〈おげんきにいますか〉という問いかけであり、〈はい／いますよ〉という返答である。つまり、書かれてはいないが、季節は冬。朝顔は、ここでは花ではなくまだ種子である。生まれ出ようとする生命体への思いやりがあり、その思いに応えるかのように、あなたにあいたくて生まれでようと思わず種子が答えているのだ！

こうして、ひとばかりでなく植物もまた、だれかにあいたがっていた。このような真理への到達は直観に拠っているがゆえに、驚異的である。幼き詩人によって思考というよりは感性によって哲理が示されている一事を垣間見ることができるからである。

黒部ダム

まつざきやす子（小学三年生）

きのうは
あさって　だったでしょう

今日は
あした　でしょう

あしたになったら
今日なんだよね

黒部ダム

行くの

きのうは今日から一日前の日。今日は今日。あしたは一日あとの日。そのように字義どおりに読もうとすると、日にちを数え違えてしまう。純朴な子どもの感覚で読まなければ、この詩は理解できない。

黒部ダムは世界的にも大規模なダムであり、周辺は中部山岳国立公園としての名高い景勝地である。あさって

（第一連）、あす（第二連）、今日（第三連）と高まって、黒部ダム（第四連）という目標に達する構成が見事である。つまり、黒部ダムに行く当日が時間の基点となっており、それはいま明日に迫っていて、昨日から数えれば明後日だった。明日になれば、それは今日ということになって、うち震えるような喜びが待っている。すなわち、心はすでに黒部ダムにある。

明日がやって来る現在を生きる。それは夢のような時間を生きることであり、ひいては来るべき人生を夢に化そうとする存在投企である。

さかな

たきぐちよしお（小学二年生）

さかなは
目を　あいたまま
しんで　いる。
きっと
たべられるのまで
見ようと
して　いるんだね。

目をあいたまま死んでいる魚のありようの不思議さに気づいた眼がここにある。そればかりではない。ひとが己れを食べる行為をもまた見ようとしているありようは、想像力に裏打ちされた発見である。

目は存在の光を発しているにちがいない。ひとの目を見れば、そのひとのありようが見えてくる。つまり、目は見るものであり、見られるものである。そして魚は？　魚は死んでも目を開いている。世界を注視しているかのように、しっかりと。己れを料理しようとしている人間、それに食べようとしている人間の、その所業を見ているのだ。魚の目もまた、生命体の存在の深淵を覗くための窓であった。生命のありようと成り行きがその窓から垣間見られる。視点の転換による想像力が詩篇を生成している。それにしても、何ということだろう。魚の目を見やることで図らずも、ひとの営為というものが見抜かれているとは！

空

小野久子（小学四年生）

てつぼうをしてさかさになった
空が海に見えた
白い船がたくさんうかんでいる
くじらも貝もヨットもある
てつぼうからおりた
やっぱり海だった

鉄棒に挑戦して逆さになったときのことなら、だれでも記憶にあるだろう。遠い幼い日の記憶。ひとはそれをしばしば忘れるが、小学4年生の作者はこの記憶をしっかりと記している。子どもの発見は幼きゆえに、そして忘れ去られるゆえに、貴重である。海が空の位置にある。海を逆さに見ているからだ。船が何艘も浮かんでいて晴れた気持ちのいい日だ。ヨットも見える。貝殻はすぐ足元にあったのか。しかし、くじらも見えたのか？　世界は記憶の界にある。現前しているものばかりが存在しているのではない。記憶のうちにあったこともまた、存在しているのだ。

反転した世界は、この少女の想念として今ここにある。この視点の転回は驚くべきである。世界が一瞬のうちにあっさりと回転するからだ。この認識への秘密を少女は語ろうとしてやまない。幼いながらも、吉野弘の転回視座に匹敵しうる技法がここにある。

しかしながら、別の読解もまた可能である。少女は実在の海を見ているのではなく、純粋に空を見ている。そこに、おそらくは船やヨットのような雲が浮かんでいて、くじらや貝のような形も見えたのだ。そうとすれば、大人は毎日一度は空を見上げるべきである。雲は絶えず変転のうちにある。見ようによっては、さまざまな具象が現れてくるにちがいない。空を見上げることによって立ち現れてくるのは、世界に対峙し世界を創成しようとしている自己の心のありようであるからだ。

なんばんめ

熊田　亘（小学一年生）

おかあさんは

なんばんめに生まれたの？
（東京のおばあちゃんが
一ばんめ　だから
二ばんめよ）
ちがうよ
にんげんが海から生まれてから
おかあさんは
なんばんめ？

ひとはだれしも海から人間が誕生して以来、X番目という順番を持っているはずである。それはかけがえのない、取り換えのきかない順番である。さて、空想してみてもいい。どれほどの数の順番なのか。大人はしかし、その何番目であるかに興味を失ってしまっている。

子どもの思考世界は狭いと思われがちである。自分から半径5メーターほどの世界しか感知していない、と。しかし、この詩篇では大人のほうが視野が狭い。母は家族では祖母の次に生まれた2番目であるが、子どもは人類の誕生から何番目と訊いているのだ。スケールが違う。

成長過程にある子どもたちの思考や感じるスピードは、たとえ幼くとも大人より速いにちがいない。世界を切り取る手捌きが鋭いのはそのせいだ。生きるとは、未知の世界の創造であると同時に、未踏の世界を感得するために用意された出会いを享受することである。子どもたちの詩篇が生命の理を解き、存在の神秘を問い、生命讃歌を奏でている。

受動を能動へと転換させること。客体を主体へと転じさせ、否定を肯定に変えること。それ以外に生きるべき摂理がどこにあろうか。ひとは意志的存在としてのみ成熟してゆくからだ。きのうはあさって、きょうはあした、あしたになったらきょう。そのように打ち震える感性を大空へと広げゆくこと。生きるとは、そのことである。

（『表象』112号 2016.9.28）

熱愛のあとの飛行機雲

君の背に飛行機雲を書きおれば少し遅れて見える青空

24歳の新人の衝撃的な歌集『サラダ記念日』からきっちり10年経っての刊行である第3歌集『チョコレート革命』（河出書房新社 1997.5.8）に収録されている一首である。説明を加えず細部を省略する書法は俳句・短歌などの短詩型文学に典型的な技法であるが、あろうことか内容に関わる5W1Hのすべてが謎である。わかりやすい作品がもてはやされる時代にあって、こんな歌は敬遠され見過ごされる作品であろう。When（いつ）、Where（どこで）、Who（だれが）、What（何を）、How（どのように）、Why（なぜ）、これらのすべてが明瞭に立ち上がってくることはない。また、ミステリー小説のように帰結する答えがあるわけでもない。

しかしながら、娯楽小説とは異なり、空想を駆り立てられながら正答のないありようが、この一首を魅力的な作品に仕上げている。つまり、読み手は幾様にも推測して作品を享受することができる。空想のうちに立ち現われるイメージこそが作品を象っている、と言い換えてもよい。

トピックワードとしてすぐさま立ち現われるのが、〈飛行機雲〉と〈青空〉である。見上げてみれば、青い空の彼方に小さな物体が認められ、それは飛行機であり、真っ青な空をたなびく白煙を残して飛び去ってゆく。そんな情景が思い浮かぶ。書き手が女性ゆえ、〈君〉は男性のように思われる。背の高い男性で背の幅も広く、直立したその背に見えた飛行機雲を写生するかのようになぞっている。男と女は友人かそれ以上であり、ドライブで広い野原に辿り着いて佇んでいる。あるいは、海辺にやってきて砂浜に立ち、飛行機雲が創成され消えゆくさまを眺めている。そんなのどかな情景に男女が佇む、心和む一首である。

しかし、そのように空想すると、下句の七七が理解できないものになる。〈少し遅れて見える青空〉——青空は初めから見えているものではなく、あとで見えてくるもののように書かれている。しかも、背に飛行機雲を書いたそのあと少しの時間をおいてである。青空は飛行機雲を認める以前に認められていたはずではないか。それに、背に飛行機雲をなぞるのだとしたら、「書く」ではなく「描く」という表記のほうが適切である。

3年後に刊行された俵万智エッセイ集『風の組曲』(河出書房新社 2000.1.11)の「飛行機雲」というエッセイのなかで、歌人は驚くべき解説を披露している。出だしから衝撃的である。〈恋人と抱き合っている〉——えっ?〈背中に文字を書くという戯れ(たとえば「すき」とか)は、よくある〉と俵万智は続ける。そのように〈相手の背中を愛しく指でなぞっているだけ〉であり、〈相手は文字だと思って考えるわけだが、正解は「飛行機雲」という、ちょっとしたイタズラ〉であるという。すると、空想は変更を余儀なくされ、新たな空想へと移ってゆく。背中に書かれる/描かれる文字や図案を当てるとすれば、服を着たままではなしえない。裸の背であろう。直立したまま抱き合っているのだろうか? 女だけが服装を着ていることは不自然である。女もまた裸であるにちがいない。すると、ここは野原でも海辺でもない。ふたりきりの個室にちがいない。それにしても、〈少し遅れて見える青空〉とはどういうことか?

〈まあ、そんなことをしているうちに、二人の時間が充実してきて、少し遅れて青空が見えた〉と万智は解説する。つまり、昂ぶる気持を抑えきれず、性急に辿り着いた部屋の中央で抱き合って、それからやっと窓の外に青い空を見出した。そのように空想はふくらんでゆく。

しかし、俵万智の解説はなおもちがっている。つまり、青空はほんとうの青空ではなく〈満たされたときの、幸せな気分の象徴のようなもの〉であるという。解説は驚くべきことに、次のように展開する。〈体の向きとしては、女の手が自由に動けて、比喩とはいえ青空を感じるという点から、仰向け、というのが一番自然なような気がする〉。

そうか、立ったままの男女ではなかったのだ。女は仰向けであるから、男はうつ伏せになって女の身体にのしかかっている。そのように抱き合いながら、裸の背に飛行機雲をなぞったのだった。

空想はさらなる変更を余儀なくされて、ほとんど決定的とも思える空想にやっと辿り着く。つまり、恋人同士の男女が、ホテルかどこかの一室にいて、ベッドの上で戯れている。おそらく行為は終わっていて、そのあとの満ち足りた情感が描かれている。男は重労働を終えたあとのように手で支えながら身体を起こしながらも離れがたく、女もまた男の背に脳裡に浮かんだ飛行機雲を描いて、ふたりとも裸のままで互いに触れ合いながら余韻を愉しんでいる。充実した時空、すなわち青空が見えてくるのは、そのせいだ。

空想に空想を重ねる。しかしながら、驚くには値しないが、最後の疑問符Whyに答えは見つからない。当の男女にとっても、どうして？　への正答はないのではあるまいか。まあ、そんなことはいいとして、決定的と思えた空想は妄想を連れてやってくる。すなわち、男は女よりかなり年上で、妻子がいるのではないか。逢瀬は何度も繰り返されており、いまなお熱い情念がふたりのなかを巡っているにちがいない。そして、この逢瀬は秘密の逢瀬であろう。その証拠に次のような一首まで見出すことができる。

知られてはならぬ恋愛なれどまた少し知られてみたい恋愛

世界はいつも楽園であるとはかぎらない。青空はしばし暗雲に覆われることもあり、大地には冷たい雨が降り注ぎ嵐になることだってあるだろう。雷鳴や突風に脅える夜もあるにちがいない。いいではないか。飛行機はその気概がありさえすれば、ふたたび飛びうるのだ。飛行機雲――それは双方向のふたつの熱愛の想念が、ひとつになって放たれた軌跡なのである。

（『表象』114号 2016.10.8）

愛しのタイタニック

１９１２年４月10日、イギリスのサウサンプトン港から史上最大の豪華客船タイタニック号はニューヨークへと向けた処女航海へと出発した。航海半ばの４月14日午後11時40分、波一つない水平線の向こうに、見張り員はぼんやりとたたずむ白い影を発見する。それは針路に横たわる巨大な氷山だった。

次の拙詩は、タイタニック号の沈没という歴史的事実に関わって創られた映画『タイタニック』にさらに関わり、水島美津江氏より依頼されて詩誌『波』十号（2000.3.3）に寄稿した作品である。

愛しのタイタニック

『タイタニック』を書棚に飾ってある
総製作費二四〇億円、世界興行収益歴代第一位
一九九七年度アカデミー賞十一部門受賞作品という
あの映画のビデオ（二巻で３，９８０円）だ

まだ観ていない
それは
観る暇がないから？
人々の口の端にのぼりすぎたから？
それとも　いつでも観られる
安心感につつまれているから？

確かな事実を明かるみに出してみる
妹およびその家族　父および母　それに
妻が観たあとで巡り巡ってきたビデオであること
片時は観ることを忘れてもいたこと
観ないでも生き延びていられたこと

そこで考える
このビデオをいつ観るのだろうかと

楽しみを先送りしている　つまり
『タイタニック』という衆目が認める快楽を
生活の担保にすることで生きる特異性を
ひとはここに透視するだろうか
あるいは『タイタニック』のことなど
もう興味がないとでも？

そう言えば
これを書いている時間が
上映時間の一九六分を超えている——
そうして時間切れしてゆく
わたしたちの　いや　私の生

『タイタニック』は私の部屋で
私の時間を航海していて
沈没する場所を決めかねているらしい
知らんぞ

〈衆目が認める快楽を生活の担保にすることで生きる特異性〉などという言い訳に似たフレーズを始めとし、全篇に散りばめられている観れないでいることへの負け惜しみは、イソップ童話の「酸っぱい葡萄」を思い起こさせる。

　娯楽映画をほとんど観なくなったのは、2時間ほどの時間を日常の時間から切り取ることができないでいるからだ。小説などとは違って細切れに時間をかけて鑑賞することが難しいからとも言える。クラシック音楽の交響曲もまた、楽章ごとに聴くことはできても、楽曲の途中で区切ってあとで続きを聴くなどということは到底できない。長い時間を必要とする映画やクラシック音楽の鑑賞は、教員生活から自然と遠のいていた。

　手が届かずブドウを食べることができないキツネの、満たされない欲求を自分にあきらめさせる方法に、3通りあるという。①ブドウを今は食べたくないのだと自分に言い聞かせる。②ブドウを食べたいのではなくリンゴを食べたいのだと言い聞かせる。③ほんとうはあのブドウは酸っぱいから食べないのだと言い聞かせて納得する。――これら3つのどれにも当てはまるように思われる。しかし、これらとやや決定的に異なるのは、キツネは結局ブドウを食べることはできないが、私には『タイタニック』を観る機会がその意志さえあれば保証されているということである。

十数年もかけて観ないでいたが、結局はやはり観た。タイタニック号が沈没してからちょうど百年、映画が創られてから15年経った、今年2012年の真夏のことである。タイタニックはやっと私の部屋で沈没してくれたのだった。

多くの大衆に喜ばれ莫大な金を儲けたことが作品の優秀性を示すわけでは毛頭ないが、金をかけ多くの智恵と労力を結集した作品はやはりおもしろい。

映画は「碧洋のハート」という高価なダイアモンドを見つけに行く探検隊の調査シーンに始まる。やっと金庫を探し当てたもののそれは入ってはおらず、最後に百歳を超えたローズがそれを海底へと投げ沈めるラストシーンがすこぶるいい。あれをローズが金に換えたら、おかしいからね。婚約を破棄した婚約者からもらったものだから――。金には糸目をつけない制作姿勢が結局は興行収益として莫大なものになるということは、このラストシーンが伝える逆説である。

パニックスリラーのように構成されているものの、作品の本質はラブロマンス。恋心は正直で自分を裏切らないもの。一途な心っていいものさ。うら若いローズが裸になってモデルになって、マネの絵のようにカウチに横たわるシーンがある。夏にはひんやりとおいしい南禅寺の豆腐のようにこんもり盛り上がった2つの乳房を、ほんの2、3秒だけ映してみせるんだよね。心憎い。ジャックは絵描きだった。一心不乱に描く彼の真剣な眼差しにもジーンとくる。その絵なんだよね、探検隊が金庫のなかに探り当てたのは。うまい。結局、ダイアモンドのネックレスより値打ちがある、と言いたげに。

(『表象』28号 2012.9.14)

人生は即興詩

薫風の春日和、「ねじめ式」と題してねじめ正一を招いた阿蘇孝子企画朗読会が２０１７年5月26日、北前船が日本遺産に認定された湊町・酒田の「希望ホール」小ホールで開催された。吉野弘の詩作品をめぐる「宝の日」や、平田俊子を招いての朗読イベントがそうであったように、阿蘇孝子の企画は何かしら新鮮なサムシングニューを備えていてその企画力には舌を巻くが、このたびは観衆ではなく創り手の一員として、テナーサックスソロを朗読詩に重ねたり、「即興詩コーナー」における詩作に出てほしいと要請された。サックスによる即興のソロ演奏に躊躇はなかったが、さて即興詩とは何であったのだろうか？

「即興詩コーナー」の出場者は、ねじめ正一、鈴木康之、万里小路譲の３人であるという。お題は開演直前に観衆６０名ほどに用紙を配付して自由に書いてもらっていた。イベントのなかほど、やがて３人は中央のスポットライトを浴びるなか、箱の中に手を差し入れ、一枚の紙片を取り出した。

小生が取り出した紙片には「私」とあった。10分で楽屋裏に引っ込み、作品を創らねばならない。考えている時間はない。内省などとはほど遠く、思い浮んだことを書き留めるだけである。ナンセンス詩の帝王であり言葉遊びの天才ねじめ正一には、お手のものであるにちがいない。軽妙な語りが持ち味の遊佐の詩人・鈴木康之もまた、自信があるにちがいない。巻き込まれてしまったという思いが頭をよぎったが、後戻りはできない。

朗読の一番手は小生で、与えられた用紙になんとか文字を埋めた。軽いフットワークのつもりで英文から始め、「Who am I?　私とは誰か?」と第一声を発した。「いまここにいるのが私であるとしても／一番身近な人間を実はよくは知らない」と続けた。そんな記憶がある。記憶があるというのは、イベントが跳ねたあと、題を考案したという女性が楽屋裏に現れ、手書き原稿がほしいと言うので、差し上げたからである。鈴木康之はどうしたかは知らないが、ねじめ正一も題の提供者から原稿をほしいと言われた。しかし、「おれはぜったいあげない」と原稿を胸元にきつくしまった。当然であろう。プロの詩人なら、即興で書いた作品などあとで活字にでもされたら取り返しがつかないにずだ。小生は差し上げたが、半分も判読できなかったはずである。乱筆であることに加え、読もうと思案したフレーズのポイントだけをメモのように書いただけであったからである。したがって、読みあげるときには書かれていないことをずいぶんと喋った。鈴木康之はそれを見抜いて、観衆にきこえるようそばで野次を飛ばしていた。

さて、詩作に際し思い描いていたのは、前日にしばらくぶりでレコード棚から取り出して聴いたThe Art Ensemble Of Chicagoのアルバム*Urban Bushmen*（1980年録音）のことだった。このレコードは弘前市でバンドマンとして過ごした2か月半の体験をいつでも思い起こさせる。テナーサックスと着替えと楽譜だけを持って、新潟市から弘前市までの特急電車に乗ったときのことは、昨日のことのように思い出す。当時、バンドのメンバーは転々と変わり、店のハコ（バンドとしての仕事）も3か月ほどで移り変わっていたが、ギャラがよく、新天地の魅力もあり、スナックバーで仕事をすることになったのであった。つまり、「都会の部族」という出で立ちに似ていたのではなかったか。

店のオーナーの父の家にバンドマン4人が新潟から出向いて居候させてもらった。岩木山が悠然と見える家に老翁と老婆が住み、ジャズなどにはまったく関心のないふたりであったが、あたたかいもてなしを受けた。オーナーの弟さんから日曜日には、恐山や十三湖などに連れて行ってもらった。店の景気がいいこともあってか、社員旅行サービスもあり、総勢十数人で道南に行き一泊した。

当時の弘前市は、午前0時ごろまで通りに人があふれていた。農作が好況であったからとも聞いたが、それだけの理由ではなかったように思われる。居酒屋もスナックもどこも人でいっぱいだった。ジャズ喫茶は2軒あり、喫茶「バードランド」では野性味あふれるマスターがジョークを飛ばし、そばで美人のママはモナリザのような微笑を浮かべていた。喫茶「オーヨー」のオーナーは進取の気性あふれるマスターで、ジャズライブの依頼を受け2回実施した。2回目の7月17日はコルトレーンの命日にあたっており、聴衆が蠟燭を灯してくれて、コルトレーンナンバーの*Naima*や*My Favorite Things*などを演奏した。ジャズが熱く、活気あふれる陽気な街であった。しかし、だれもが孤独の意味を心の奥では知っていたようにも思う。みながそれぞれ型にはまらない「私」を生きていて、その独創を愛していた。いろいろな出来事があったが、ここでは語りつくせない。

　記憶というものは曖昧で不正確なものである。記録を辿ってみれば、弘前市で過ごしたのは新潟大学専攻科修了直後の１９７６年のことである。１９８２年にリリースされた*Urban Bushmen*を聴いているはずがない。しかし、喫茶「バードランド」で聴いたことにまちがいはない。このアルバムは2枚組で全曲聴くには86分を越えるが、アルバムC面1曲目の*New York Is Full Of Lonely People*という曲を、マスターは「ニューヨーク」を「弘前」に代えて紹介していたことが鮮明に記憶しているからである。つまりは、6年ほど経ってから、懐かしく弘前市へと出かけた折のことであったのだろう。帰宅してすぐ同じレコードを買ったことが、記憶の片隅から蘇ってきた。

　さて、希望ホールで発表するにいたった拙い即興詩は次のようなものであった。苦し紛れにふんだんに用いた英語のフレーズは省略し、日本語も修正されている。〈酒田にも〉というフレーズが出てくるが、念頭に閃いていたのは弘前市のことであった。〈降る〉というフレーズが3回現れるが、これもまた苦し紛れに何度も繰り返したfull of lonely peopleのフレーズのfullと韻を踏んでいる。まあ、どうでもいいのだが、今にして思う。偶然のきっかけで赴いた弘前市での暮らしがそうであったように、そもそも人生とは即興詩のようなものではなかったかと。

私 —— full of lonely people

Who am I？
Why am I here？
Where is 'here'？

楽しい詩など創れはしない
こういうことではなかったか
　　full of lonely people

だれもが傷をもち
だれもが孤独である
ということ

酒田にも
巡る季節に
巡る人々の暮らし

雨が降る
雪が降る
時が降る

いまここに集った私たち
なぜかは知らぬが
それぞれの思惑で――

あなたも「私」
あのひとたちも
だれもかれもが「私」

さて
なぜ　いま　ここに
「私」はいるのであったか？

「あなた」たちも
ここにいるから――
それで十分ではないか？

（『山形詩人』96号 2017.10.10）

解説

いま・ここに在る永遠との対話

近江正人

昭和二十六年九月、万里小路譲（本名　門脇道雄）は山形県の西部、日本海に面した鶴岡市門脇洋服店の長男として誕生した。鶴岡市は作家藤沢周平の海坂藩のモデルとなった庄内酒井藩の城下町で、高山樗牛はじめ石原莞爾、丸谷才一など多くの著名な作家や思想家を生んでいる。北に鳥海山、南西に歴史豊かな出羽三山、西に夕陽の美しい日本海に面した風光明媚な土地である。教育的な気風も藩校・致道館の伝統を受け継ぎ、家柄や格式にこだわらず、自発性や天性を重んずる気風をいまに伝えている。こうした自由な思考と他者に穏やかで、自分の個性をいちずに伸ばそうとする気風は、現在の万里小路の人物や精神の基層になっているように思う。彼は音楽好きの少年であった。夏の砂浜に佇み、繰り返す潮騒に耳を傾け、水平線に沈みゆく夕陽を幾度も見つめながら、どんな夢と思念を魂に育んでいっただろう。家庭環境にも恵まれ、祖母の寵愛を受けながら、情操豊かに成長した。

疾風怒濤の青春時代を感性豊かに生き、英文学を学んで米国の自由主義や徹底した個人主義的な空気に触発された。自らもサックスのプロを目指してジャズを演奏するといった経験が、その後の思考や作品に色濃く反映されている。表現の音楽性、特に行分けの詩形式にこだわらない、直感的で即興的な用語法とイメージの自動筆記的な叙述は、当時の山形詩壇でもきわめて特異な作品を生み出すもととなった。また、英語の和訳のような語法やライトバース、アフォリズムを駆使する特徴もそこに所以があるといえよう。

発刊された八冊の詩集とその表現形式の変遷を顧みると、一つとして同じ形式のものがない。このことは既定の表現行為に対する彼の自由性を物語り、自分と読者をそれぞれ違った表現世界に誘い、楽しませようとする意図もうかがえる。また自己の私生活を深く彫琢する作品よりも自然や人生に対する思索的内省的なものが多いため、やや衒学的な香りがすることも否めない。だが、万里小路はいわゆる山形詩壇に多い風土的な生活詩の枠組みには拘泥しないようだ。第五詩集の四行詩は彼がその自由性に魅かれて研究してきた米国の代表的女流詩人ニミリー・ディキンソンの静謐な四行詩の影響を感じとることができる。また、実験的な詩集作りから一転して精神的な余裕と成熟を感じさせる第六詩集『Multiverse』では、吉野弘との出会いと影響を見ることもできる。この詩集ではこれまで十四行詩、三行詩、四行詩と、多彩な詩形を試みてきたが、一枚誌「てん」の創刊をきっかけに、定型からの一時的な解放を享受している。さらにその後の第七詩集では、肩の力を抜いた遊び心の強いライトバースを生みだし、主題を放棄した軽妙な会話を楽しんでいる。しかし、近作では、十六行詩や一行詩（俳句）に自由詩を組み合わせた一種の定型に再び取り組んでおり、楽譜のコードのような定型詩のリズムへの関心は深い。

一方、詩集の発行の合間に多くの著書を刊行していることも忘れてはならない。短編小説集、県詩人の詩論集二冊、現代のポップな歌い手たちの歌謡論集、同郷の詩人吉野弘を「転回視座」という視点から論考した詩論集、さらにエミリー・ディキンソンやE・E・カミングズといった米国の代表的詩人を研究した論考、ほかに学校社会の迷走を自由主義的な視座で批判してみせた教育論集などがある。彼が、いかにグローバルな視点で多彩なジャンルに分け入り、日々旺盛な批評執筆と出版活動を展開してきたかに驚きを禁じ得ない。

こうした批評への情熱を失うことなく古今東西の多様な詩人、歌手、音楽家、画家に対峙し、対話し、その表現に魂を打たれて感動の本質に迫りながら、触発された想いを豊富な語彙を駆使して、あたかも恋文のように叙述し、主宰する詩とエッセーの一枚誌「表象」に掲載してきた。そのひとつの集約が最新詩集『詩神たちへの恋文』である。ここには彼の批評力と詩的感性が内省的に結びついたユニークな対話の結実がある。例えば、吉原幸子詩編「海を恋ふ」から「さびしいから人は抱き合

ふのだ　と／とつぜんに　はっきりわかる」という詩句に胸打たれる。そして自らも「海を恋う、ひとを恋うように。／せつなさを回避するためにせつなさを回顧する、ひとつの矛盾」と詠い出す。人と出会い、激しく渇愛し、奪い合い、そうして傷心のうちに終わりゆく恋情というもののさびしさ、そのさびしさゆえにまた他の誰かを求めるという矛盾、それさえも潮騒がやがて消し、消し去られたことすら消えてゆくとしたら。彼は「さて、人生とは何のためにあったのか？」と自問を繰り返す。そしてこのような美しい詩行をラストにひっそりと置いてみせる。

世界には問いのみが残される。とはいえ、今さらながら、返してもいい。すべての問いを。いや、生きることなくしてはありえなかった傷心、傷つくことなしには成就しなかった恋心、焦がれることなしにはありえなかったときめきとせつなさの、いっさいを。星降る夜に、痛みの記憶とめくるめく夢の祝祭を引き連れて、永遠の眠りを希求せしめた——。

万里小路の文学活動を顧みるとき、詩作に加え論考や評論が多くを占めていることに気付く。その両者の根底には一貫したテーマが流れている。人間の誕生と生、恋情、そして死、この三点に対する内省的な問いと対話。文学や哲学を志すもの誰もが抱く問い、人はなぜ生まれ、どこへ消えてゆくのか、なぜこの宇宙に人間は存在するのか、という実存的な問いを彼も早期から抱いた。それは彼がくぐり抜けてきた時代背景にも密接に関係している。六〇年代後半から七〇年代にかけて激しく燃え上がった学生紛争の終焉は落日の太陽のごとくであったにちがいない。この時代に学生時代を送ったものにとっては、ビートルズの来日とともに新しい音楽への希求と時代に対する創造的で反抗的な感性が育てられたが、自由や理想に情熱を傾けて燃焼した分だけ、玉手箱を開いた浦島太郎のように、その時代風潮の衰退も急速であった。さだまさしの「精霊流し」、フォークデュオ「風」の「22歳の別れ」、そして中島みゆきの「時代」といったフォークソングに象徴されるように、変革にかける青年の情熱と恋情の衰退のなか、ひとつの時代への別離と傷心をやさしく歌いながら、消費主義社会の喧騒に企業戦士として身を投じてゆく。多くの青年が、現実の物質的な「豊かな暮らし」のなかに埋没してゆかざるを得なかったが、それでも青年時に灯した理想やロマンの火種を胸底にくすぶらせたまま、不条理で浮薄に流れてゆく時代社会の常識に安易に迎合するまいとする創造的な疑念と孤独を手放すことなく、少年の純粋を隠し持つ孤児として時代を生き続けることになった。そのような存在がまさに万里小路譲である。彼は語る。「若い日にサミュエル・ベケットを学び、ゴドーをいつまでも待ちながら、無意味な時間を費やす不条理なこの世界にぼくらは投げだされていると感じた。しかし同じ実存の不条理下でもカミュのような『自由　反抗　熱情』の人生を選択し、自ら企てつつ生きるのだ」と。時代の変化に晦まされることなく、魂の静かな叫びと哲学的な深い対話の持続が詩作と批評の原点となった。

彼の詩作のテーマを考えるとき、三つの特徴がうかがわれる。一つは、先の思索的、実存的な問いを常に根底に沈めていること。二つ目に、その表現技法が音楽的、感性的、定型的であること。三つ目に、詩語に庄内の自然風土が色濃く反映していること。たとえば、海、空、風、光、夕日、雪、夢などの多用である。とりわけ海と夕陽と潮騒は単なる地理的な用語でなく、宇宙や世界を表わしたり、生命の燃焼と恋の情熱、死と再生輪廻といった象徴的な意味をも含んで彼の作品全体に頻出する。万里小路を「夕陽と潮騒の詩人」といっても過言ではない。特に、三十二歳で刊行した処女詩集『海は埋もれた涙のまつり』は、その題名からしてその後の彼の詩的用語や表現形式を暗示している。青々と膨らんでは揺り返す海、その海は人が生きて出会う様々な悲しみや失意、別離、傷心の想いを埋めて揺れる涙の祝祭《まつり》だというのだ。青年期特有の抒情と孤独な感性が、心象の「海」を色彩感の豊富な語彙に変換せしめた作品群に圧倒される。言葉の持つ意味が跳躍を続けて難解であるが、透明な時間のキャンバスに言葉という絵筆で自己の噴出する想念を懸命に塗り付けようとする実験が行われている。「夕虹　夕映え　夕凪　ブラウスの胸に受けとめな

がら　ふくらむ　海の記憶　潮の香り　あなたの遠い源泉　憧憬という　もうひとつの夢想のなかで」といったように、夕凪の砂浜で初めて恋人を見つめ、愛を交わし合ったかのような夢の断片が潮騒とともに描かれてゆく。過ぎ去るものへの愛しみを込めながら。そうして末尾に何度も呪文が繰り返される。「うろだるえかり振らか歳81をれそ」と。こうした暗号のような言葉遊びも万里小路の詩の発見の楽しさだが、逆転すると、「それを81歳から振り返るだろう」というメッセージなのだ。十八歳の自分の経験と夢想のすべてを言葉の絵画にして八十一歳の自分に転送しようとしている。つまりはすべての記憶と想いはやがては消え去り、消失してゆくものであるという人生への醒めた認識がすでに働き、八十一歳の老人の視点から逆に「いま・ここ」にいる青年の純粋な想いを記録し、時を超えて愛おしんでいるともいえよう。

　このように白いノートをキャンバスにして、あふれ出す言葉を絵画やジャズのように記述してゆく実験的な作品とはまた別に、おだやかな美しい作品も万里小路の世界を構成している。たとえば、第二詩集『夢と眠りと空の青さに』のソネット集である。その、「想秋記1」は彼の抒情の詩質をいかんなく伝えている。（前二連　略）

封筒を鋏で切り　便箋を取りだすと
床に落ちるものがある　……記憶
押し花の花粉が降って　いつの秋だったか

いつの夕暮れだったか　あの思い　あの日々を
抽斗からたぐり寄せ　あの日　受け取った便り
もういちど開いたら　同じように畳に舞い落ちた

引き出しから取り出したのは、あの日、思い人から届いた封筒。床に落ちたものは過ぎ去った日の甘酸っぱく懐かしい恋の記憶。押し花が入っていたのだろう、花粉のように便箋から遠い記憶が舞い落ちたという表現は透明で美しい。何を書いていたかではなくて、なぜ書かねばならなかったかという差出人の思いのありかを想う優しい詩人がいる。秋の日差しの中で、過ぎ去った古き恋の傷みを見つめ返しながら。

万里小路のすべての作品に言えることだが、どのようにこの世界の不条理と悲哀、矛盾や孤独を描いても不思議にそこに失望や諦念の暗い湿りがない。おそらく、彼の生い立ちにもよるだろうが、何よりも世界への対峙のし方が明るく意志的である。「(この人生は――／宇宙によって夢見られた夢)」(「夢のかけら」)の詩句のように眼前に生起し消滅する全ての現象をあたかも宇宙の夢想として感じつつも、受動の生を能動に転換し、主体的に己れの生を選び取ってゆく(そのようにしてしか地上の人間が生きて成熟してゆく方法はないのだとでもいうような)視座を持っているからだ。そして失意や不条理で絶望にひたるよりも、むしろ恋情のような熱い心で、いま・ここに在る生を永遠のものとして享受しながら、では「なぜ」とその意味と対話する精神を持続している。誕生し、生きて、恋して、死にゆく、この宇宙の片隅に現成した一存在として、永遠の空に向かって「問い続ける存在」であり続けることが救済である。そのことによって万里小路譲はまぎれもなく時を超えてゆく詩人なのである。

「あなた」たちも　ここにいるから

――万里小路譲の終わりなき探求

青木由弥子

万里小路譲詩集の初校を通読して、ニーチェの「新しき海の彼方へ」の一節が脳裏に浮かんだ（少し古いが、詩人の伊東静雄訳を引用する）。

あらゆるものは私に新しく、更に新しく輝く
真昼は時、空の上にねむり
只汝の、目のみ――永遠よ！
汝の広大なる目のみわれをみつむ

万里小路が三十代で刊行した第一詩集には、海、夢、暁、太陽、言葉、そして来るべき夕暮といったイメージが繰り返し呼び出される。〈思いと同じ　質量をもたぬ　言葉〉〈なぜ　その問いを繰り返し　眠れぬ夜があるだろう〉〈暁を空想しながら　太陽のもとへ踊りでる〉（以上「海は埋もれた涙のまつり」）、〈灼熱　なく　走る　海へ　なぜ〉（「祷り」）……なぜ、自分は生まれたのか。なぜ、このように焦がれる想いに駆られるのか。なぜ、無限へ、広がりへ、空無へと惹かれるのか。この、輝かしい真昼に延べられる生は、いずれ夕暮に、そして夜に閉ざされるというのに……。

あふれ出るイメージが、言葉となって押し寄せ、降り注ぐ。さなかに立つ万里小路には、そこで体感している時空を詩文に紡ぐ猶予はなかったに相違ない。繰り返し到来して思惟を強いる、答えの出ない問いの嵐。乱舞し行き過ぎていく言葉をとらえては紙面に置き並べていく手元を透かして、真夏の水面の照り返しの中で途方に暮れている詩人の姿、また、真紅の落ち葉を激しく巻き上げる晩秋の森の中に立つ青年の姿が見えるような気がした。

四十代で公刊された第二詩集では、万里小路はソネッ

トという「形式」を呼び込むことによって、ゆるやかな言葉の調べを得たように思われる。幼年時の記憶への遡行。夏の日差しにきらめく、命の反照の一瞬の美。目の前の〝今〟に一心に集中している、子どもへのまなざし。「夏」の連作の中で、生気に満ちた少女を前に〈ほとんど滅びている〉と自らをとらえる万里小路の感性は、真夏の合濃い森の中で、人間もまた〈太陽の子であること〉を感受し、太陽を恋いながらも……森が〈人間を必要としていない〉疎外感、自身の所在無い感覚に、鋭敏に反応する。〈日毎　夕暮れの死を死んで　甦る／おまえの変容は　いつだって眩しい〉（「夏8・4」）。ここで〈おまえ〉と呼びかけられているのは、文脈上は真夏の白雲である。しかし同時に、個物として存在し続ける〝永遠〟ではなく、一瞬の兆しとして現れ、また去っていくきらめき、変容し続けながら永続する〝永遠〟を象徴するものでもあるだろう。ほんのひととき、確かに存在し、そして消えていく幸福な時間。消えゆくものであるからこそ哀惜し、再来を希求し、その甦りを信じて祈るのではないのか。

青年、壮年時、いわば人生の真昼の時に、万里小路がこんなにも激しく生の横溢を求め、また、自らの生の根拠、この世に生まれ落ちた意味を問うていたことに、目を見開かされる思いだった。

私が初めて万里小路の詩に触れたのは、二〇一五年に「詩と思想」の詩誌評を担当した折だったと思う。一枚誌の「表象」は、洗練されたデザインと充実した内容と共に、他者の作品（詩や音楽、美術など）の素晴らしさを、いかに読者に伝えるか、ということに腐心していて、強く印象に残る個人誌だった（詩誌評の時期を過ぎても交流は続き、「表象」を通じて山形に縁の深い詩人のことを教えられたり、音楽アルバムの歌詞に込められた深い意味を考えさせられたりしている）。「表象」には、時々、控えめ、といってもいい頻度で万里小路の詩も掲載されており、やわらかで平易な言葉を用いた、優しく話しかけるような詩風に好感を抱いていた。自身に深く内向していくというよりは、他者に向けて言葉を手渡していくような明るさと外向性が顕著で、読後に明るい余韻を残す。初期詩篇を読んだとき、明るさは共通するものの、自己の内面に自らを追い込んでいったり、個人的な記憶の領域に沈潜していくような内向性が際立っていることに驚かされたのは、近年の万里小路が紡ぐ詩文との差異が大きかったからかもしれない。

初めての児に、と副題のある「夢と眠りと空の青さについて」では、人生の悲哀などはまだ知らず、ささやかな不快を無邪気に泣く幼子に向けて、いずれ悲の時が訪れても、思い出していつまでもそこに留まらないように、と静かに歌いかけている。〈日が暮れると夜になって／それから　それから?／朝がくるってことなど〉を、教えてあげよう……。いずれ死ぬのに、いずれ失われるのに、なぜ生きねばならぬか。その問いを問い続けて、多様な喜びや驚きを積極的に探り、見出し、他者にもそれを伝えていく使命にも似た思いを、ひとまずの答えとして生きることを決めた詩人の、穏やかな日常が静かに浮上してくる。

万里小路の「評論」や「解説」は、必要十分で余計な装飾がない。「鑑賞」の際にも、作品の特質や注目すべき点、工夫された点などを丁寧に掘り起こし、静かに読者に提示するナレーションに徹している。出発点には万里小路の作品への愛や作品から受けた感動があるはずだが、振幅の激しい一時的な情動につられることなく、理性と感性の一致する地点まで落とし込んだところから穏やかに語りだす。そこにあるのは、作品との〝対話〟である。作品を介して、作者の心との対話を試みている、と言ってもよいのかもしれない。

万里小路の「対話」は、他者からの反応や刺激を待つというよりは、自ら求めに行く、探りに行く、という、積極性が特徴でもある。

現在開設されている「万里小路譲のブログ」https://blogs.yahoo.co.jp/jm55mk17には、『吉野弘その転回視座の詩学』（二〇〇九年／書肆犀）から吉野弘『夢焼け』論が転載されている。そこでは、対象が視界に入ってくる、聴覚に音や気配が聞こえてくる、という段階から、さらに踏み込んで、〈対象の存在の在り方にまで立ち入って観察する〉ために、積極的に「見る」「聞く」ことが必要である、と説かれる。対象の深層を認識する、それは無論、容易なことではないが、〈不条理を克服しようとする熱情にこそ、存在の意識的な在り方が顕現する〉〈ひとは悲しむ感性によって絶望から救われるにちがいない。配慮・気遣いは他者の痛みに反応することによって規定され、悲しみを共有することによってひとは対他存在たりうるだろう〉、万里小路はそう信じるからこそ、熱情を持って積極的に他者（他者の生み出した作品）に向かうのであり、その積極性によって他者の深層に触れ、深い次元で悲哀を、喜怒哀楽を、共有することができる、と考えるのではないか。それは、願望であり、夢想であるのかもしれないが、万里小路はこうした共感の次元に、有限の個を超えた時空が生まれるのを見ている。それは、個の消滅の空しさ、不安から、ひとが解き放たれる場所なのかもしれない。

最新〝詩集〟の『詩神たちへの恋文』の中で、吉原幸子の〈さびしいから人は抱き合ふのだ　と／とつぜんに　はっきりわかる〉という詩句に反応し、対話を始める万里小路は、有限である個が必然的に抱え持たざるを得ない根源的な淋しさ、に反応している。〈せつなさを回避するためにせつなさを回顧する、ひとつの矛盾〉を、〈矛盾によって傷ついた人生に、終わりという贈り物が贈られるというさらなる矛盾〉と畳みかけていくとき、万里小路の内には吉原の「むじゅん」が、静かに響いていたかもしれない――わたしはまもなくしんでゆくのに／せかいがこんなにうつくしくては　こまる――。今、最新〝詩集〟と強調したのは、一見すると『詩神たちへの恋文』が詩作品との対話によって生み出された「エッセイ集」あるいは「評論集」に見えるから、なのだが……吉原幸子との対話を、もう少し見ていこう。

〈いっさいは過ぎ去る風景。悪夢であれ吉夢であれ、超えられるために現実はあったのだと、突然にはっきりわかる〉〈生きたことが昏睡のうちに忘れ去られ、忘れることができないことさえ忘れ去られ、諦めることができないことさえ諦めねばならぬ世界に〉わたしたちは放り出されている、と万里小路が綴るとき、ここに生まれるうねるようなリズム、高まっていく情動は、まさしく詩そのもの、ではないだろうか。対話が評となり、詩となる変容の様を見ている、と言ってもいい。万里小路は続ける。〈諦めることができないことさえ諦めねばならぬ世界に〉放られている、ならば。〈そうとすれば、ひととひとは何のために出会うのか?／世界には問いのみが残される。とはいえ、今さらながら、返してもいい。すべての問いを。いや、生きることなくしてはありえなかった傷心、傷つくことなしには成就しなかった恋心、焦がれることなしにはありえなかったときめきとせつなさの、いっさいを。星降る夜に、痛みの記憶とめくるめく夢の祝祭を引き連れて、永遠の眠りを希求せしめた――。〉

私達は、第一詩集で問われていた問いに、再び戻って来た。いや、同じ地点に戻って来た、のではなく……何のために、を問うのではなく、生きることなくしてはあり得なかった、そのように振り返ることによって、歓びも哀しみも引き受ける、という地点に、螺旋階段を登るように、ぐるりと回って、少しだけ上の位置で重なりながら、たどり着いたのかもしれない。

万里小路が最後に置いた詩篇は、〈だれもが傷をもち／だれもが孤独である／ということ〉を認識しながら、〈あなたも「私」／あのひとたちも／だれもかれもが「私」〉と有限の個の境界を踏み越えていく。そして、〈さて　なぜ　いま　ここに／「私」はいるのであったか?／／「あなた」たちも／ここにいるから――／それで十分ではないか?〉と締めくくられる。他者との対話、そして積極的な「見る／聞く」行為によって、深層で共感する。そのようにしてあなたと私、個々の命は深いところでつながりあい、有限の個の孤独は、乗り越えられていくだろう。その穏やかな認識が、問いは問いのままであっても、それで十分だ、と言わしめるのである。

年譜

万里小路譲年譜

一九五一年（昭和二十六年）　当歳
九月十四日、山形県鶴岡市元曲師町甲壱番地（現・本町三丁目四番地）に祖父・門脇喜惣次が開業した「門脇洋服店」の二代目の父・門脇敏雄（大正十三年生）、母・綾子（昭和六年生）の長男として生まれる。本名、門脇道雄。祖母・たけよの寵愛を受けて育つ。一九五三年に長女・敏子（父亡き後、門脇洋服店経営三代目）誕生。一九五七年に次女・千代子が誕生。

一九五八年（昭和三十三年）　七歳
四月、鶴岡市立朝暘第一小学校入学。校舎移転に伴い、二年次より鶴岡市立朝暘第四小学校に移行。幼少より音楽を好む。

一九六四年（昭和三十九年）　十三歳
四月、鶴岡市立第一中学校入学。体操部にて身体を鍛え、ビートルズ、ウォーカー・ブラザーズなどの洋楽ポップスに魅せられる。

一九六五年（昭和四十年）　十四歳
九月、祖母・たけよ逝去。享年六十二歳。

一九六七年（昭和四十二年）　十六歳
四月、山形県立鶴岡南高等学校入学。陸上部でトレーニングに励むが腰痛により一年間で退部し、二年次より独学でピアノのレッスンに励み、コルトレーン、ロリンズ、エヴァンスなどのジャズに没頭する。

一九七〇年（昭和四十五年）　十九歳
四月、新潟大学人文学部文学科入学（英文学専攻）。シェイクスピア、ピンター、ジョイスなどを研究する一方、三島由紀夫、カミュに心酔する。九月、フルートを購入し、マーラー、ブルックナーなどのクラシック音楽に没頭する。

一九七一年（昭和四十六年）　二十歳
四月、テナーサックスを購入し、大学内のジャズバンドに加入、活動する。

一九七二年（昭和四十七年）　二十一歳
一月、プロのジャズバンドに加わり、以後新潟市や長岡市のクラブなどで活動する。

一九七三年（昭和四十八年）　二十二歳
五月、掌編小説「雨上がりの虹」の新潟日報短編小説賞佳作入選を皮切りに、新潟大学の文芸部に所属し、部誌『新潟文学』に詩やエッセイを執筆発表する（三三号〜三八号）。
一九七四年（昭和四十九年）　二十三歳
三月、新潟大学人文学部文学科（英文学専攻）を、卒業論文 The Study of *The Picture of Dorian Gray* by Oscar Wilde をもって卒業。四月、同大学人文学部人文学専攻科入学。
一九七六年（昭和五十一年）　二十五歳
三月、修了論文「収束の美学――サミュエル・ベケット演劇論」をもって新潟大学人文学部人文学専攻科を修了。新潟市、弘前市でバンドマンの仕事を継続。十月から十一月まで米国カルフォルニア大学バークレー校にて語学研修（Intensive English Language Program. Four Week Workshop）。十一月から十二月まで米国ユタ州ソルトレイクシティにてホームステイ、米国文化風習に触れる。帰国後、バンドマンの仕事を継続。
一九七七年（昭和五十二年）　二十六歳
五月、文芸同人誌『印象』主宰創刊（〜三号）。七月、山形県立鶴岡西高等学校常勤講師（英語科）となって生地鶴岡に帰郷。
一九七八年（昭和五十三年）　二十七歳
四月、「株式会社三教」入社、翌年三月まで英語・数学指導員として勤務。十二月、山形新聞「やましん詩壇・地賞」受賞（選者・芳賀秀次郎）。
一九七九年（昭和五十四年）　二十八歳
一月、文芸同人誌『荘内文学』（冨塚喜吉主宰）に五号より加入（〜終刊一二号）。四月、山形県立鶴岡工業高等学校（定時制課程）に常勤講師（英語科）となり、以後二年間勤務。十二月、「やましん詩壇・天賞」受賞（選者・芳賀秀次郎）。
一九八〇年（昭和五十五年）　二十九歳
一月、詩誌『季刊恒星』（佐藤總右主宰）に一七輯より加入（〜終刊二四輯）。
一九八一年（昭和五十六年）　三十歳
四月、山形県立山形西高等学校教諭（英語科）となり、山形市に転居。水泳部顧問を拝命。水泳が生涯の運動習慣となる。

一九八三年（昭和五十八年）　三十二歳

三月、詩誌『阿吽』（清田美伯主宰）創刊加入（〜終刊二六号）。三月、山形市在住の小学校教諭・遠藤美保と結婚。十二月、第一詩集『海は埋もれた涙のまつり』をあうん社より刊行。長編詩十篇収録。

一九八四年（昭和五十九年）　三十三歳

三月、詩集『海は埋もれた涙のまつり』が雁戸の会主宰第一三回（昭和五十八年度）山形県詩賞を受賞（選考委員長・吉野弘）。

一九八五年（昭和六十年）　三十四歳

二月、長男・史紘誕生。

一九八六年（昭和六十一年）　三十五歳

三月、掌編小説集『密訴』をあうん社より刊行。新潟大学在学中に書きためた掌編十二篇を収録。

一九八七年（昭和六十二年）　三十六歳

四月、山形県立北村山高等学校に転任。

一九八八年（昭和六十三年）　三十七歳

長女・由季誕生。

一九八九年（平成元年）　三十八歳

四月、山形県立鶴岡南高等学校に転任。鶴岡市に帰郷。洋裁業を経営する父母と共同生活を始める。

一九九三年（平成五年）　四十二歳

詩誌『山形詩人』（発行人木村迪夫、編集人高橋英司）創刊加入（九九号まで刊行中）。

一九九四年（平成六年）　四十三歳

二月、第二詩集『夢と眠りと空の青さに』をあうん社より刊行。十四行詩六十二篇収録。九月、自宅として新築し現在地（鶴岡市本町三丁目七番）に住み始める。

一九九五年（平成七年）　四十四歳

十月、第三詩集『空あるいは風に』を印象社より刊行。三行詩九十二篇収録。

一九九八年（平成十年）　四十七歳

十一月、詩とエッセイの一枚誌『てん』をいとう柚子と創刊（〜終刊五〇号〈二〇〇八年〉）。十一月、第四詩集『凪』をあうん社より刊行。詩二十二篇収録。

一九九九年（平成十一年）　四十八歳

十二月、第五詩集『交響譜』を文芸社より刊行。音楽にインスピレーションを得た四行詩百二十三篇収録。
二〇〇一年（平成十三年）　五十歳
一月、父・敏雄が逝去、享年七十七歳。
二〇〇二年（平成十四年）　五十一歳
四月、山形県立山添高等学校に転任。
二〇〇三年（平成十五年）　五十二歳
二月、詩論集『詩というテキスト――山形県詩人詩論』を書肆犀より刊行。論考十四編収録。五月、歌謡論集『うたびとたちの苦悩と祝祭――中島みゆきから尾崎豊、浜崎あゆみまで』を新風舎より刊行。歌謡論十六編収録。十月、詩篇「夏の終わり」が第一八回国民文化祭西川町実行委員会会長賞を受賞。
二〇〇四年（平成十六年）　五十三歳
一月、東北公益文科大学「山形の文化a」にて県内詩人についての講座（二〇一〇年まで毎年）。四月、詩論集『詩というテキスト』が第二回（平成十五年度）山形県詩人会賞を受賞。
二〇〇七年（平成十九年）　五十六歳
四月、山形県立鶴岡中央高等学校に転任。
二〇〇八年（平成二十年）　五十七歳
四月、十七年間勤めたバドミントン部顧問を退き、演劇部顧問を拝命する。
二〇〇九年（平成二十一年）　五十八歳
四月、詩とエッセイの一枚誌『表象』を創刊主宰（一四〇号まで発刊中）。六月、第六詩集『Multiverse』を書肆犀より刊行。詩五十五篇収録。十一月、詩論集『吉野弘その転回視座の詩学』を書肆犀より刊行。吉野弘全十一冊の詩集についての詩論二十五編。
二〇一二年（平成二十四年）　六十一歳
一月、金子みすゞの生涯を脚本化した「月日貝の恋」（六十分）が、鶴岡市中央公民館にて鶴岡中央高等学校演劇部によって上演。三月、山形県立高校教員を定年退職。四月、山形県立鶴岡中央高等学校に非常勤講師（英語科）として赴任。七月、第四回山寺芭蕉記念館英語俳句大会審査員を務める（毎年継続中）。
二〇一三年（平成二十五年）　六十二歳
四月、山形県立酒田光陵高等学校に非常勤講師として赴任。十一月、詩論集『詩というテキストⅡ――山形県＋4県詩人詩論集』を書肆犀より刊行。詩論二十四編収録。

二〇一四年（平成二十六年）　六十三歳

四月、鶴岡市立朝暘第四小学校校歌作詞担当。四月、山形県立遊佐高等学校に非常勤講師として赴任（一年間）。四月、生涯学習施設「里仁館」里仁講座講師を務める（毎年継続中）。四月、山形県詩人会の副会長となり、山形県詩人会賞の選考委員長を務める（現在継続）。

二〇一五年（平成二十七年）　六十四歳

三月、母・綾子が逝去、享年八十三歳。四月、鶴岡市立豊浦小学校校歌作詞担当。五月、第七詩集『はるかなる宇宙の片隅の風そよぐ大地での草野球――スヌーピーとチャーリー・ブラウンとその仲間たち』を書肆犀より刊行。十六行詩百八篇収録。七月、詩論集『いまここにある永遠――エミリー・ディキンソンとE・E・カミングズ』をメディア・パブリッシングより刊行。論考十三本収録。十一月、酒田市教育委員会主宰「吉野弘を知る」講座の講師を務める（毎年継続中）。

二〇一六年（平成二十八年）　六十五歳

九月、社会教育論集『学校化社会の迷走』を書肆犀より刊行。コラム九十九篇、書評十四篇、エッセイ二十三篇、論考一編収録。十月、有限会社荘内音楽センター「おんがくハウス」のサックス講師となる（現在継続）。十二月、鶴岡市教育委員会主宰第五九回（平成二十八年度）「高山樗牛賞」受賞。

二〇一七年（平成二十九年）　六十六歳

七月、NHK文化センター庄内教室の講座講師となり、詩やエッセイの書き方指導などに携わる（現在継続）。九月、第八詩集『詩神たちへの恋文』を土曜美術社出版販売より刊行。エッセイ詩三十六篇収録。

二〇一八年（平成三十年）　六十七歳

二月、酒田市教育委員会により詩華集『よんでみよう吉野弘』刊行。編集委員を務める。

新・日本現代詩文庫142 万里《まり》小路《こうじ》譲《じょう》詩集

発行 二〇一九年二月二十日 初版

著者 万里小路譲
装丁 森本良成
発行者 高木祐子
発行所 土曜美術社出版販売
〒162-0813 東京都新宿区東五軒町三―一〇
電話 〇三―五二二九―〇七三〇
FAX 〇三―五二二九―〇七三二
振替 〇〇一六〇―九―七五六九〇九
印刷・製本 モリモト印刷

ISBN978-4-8120-2490-4 C0192

新·日本現代詩文庫

土曜美術社出版販売

◆定価（本体1400円+税）